Xavier Pietri

L'Affaire Louise Carter

Slatkine & Cie

I

Enfant, son regard m'intriguait. Je le dévisageais d'autant plus ostensiblement qu'il ne me regardait pas. Il était jeune, volontaire, la mine rehaussée d'une fine moustache et portait une chemise à col club qui me le rendait distingué. Ses grands yeux clairs se perdaient loin, au bout du silence. Il avait l'allure d'un aviateur, d'un casse-cou de la chasse qui aurait carburé à l'adrénaline et aux extases aériennes. Pas une cicatrice, ni même une ride n'effleurait son visage. Était-il grand ou petit, quel était le timbre de sa voix? J'ignorais tout de lui, son âge, son caractère, sa vie et jusqu'à son histoire.

Mais dans ce petit couloir chargé de photos de famille il était unique parce que différent des autres, de leur mine lourde, intimidante. Comme eux, il était prisonnier. Il n'a jamais pu s'extraire du monde immuable de ceux qui finissent enfermés dans des cadres, condamnés à nous voir déambuler, témoins muets de nos conversations et de nos états d'âme.

Voilà ce que je savais de Germain, un portrait photographique en noir et blanc sur le mur d'un couloir, un prénom démodé, un homme privé de lui-même et de son histoire.

*

On ne va pas à Eiberlacho, on y monte. Quels que soient la route, le chemin qu'on emprunte, on s'élève, on change de point de vue. Là-haut, l'horizon s'étire et rien ne s'efface, sauf ce que les arbres en cachent. C'est un endroit paisible, entouré de vergers, de labours, de petites fermes en grès, couvertes d'ardoises et égayées de treilles, où j'ai découvert la fulgurance des orages d'été, les crépuscules pyromanes, la magie de la pleine lune et les signaux luminescents des vers luisants.

On partait en vacances à Eiberlacho, à la Toussaint, à Pâques et en été. Je n'aurais pas imaginé être ailleurs.

Gagner Eiberlacho n'était pas mince affaire. Il fallait environ six heures en 404, apprécier Bécaud, Ferrat, Reggiani et l'odeur des gitanes blanches sans filtre, pour y aller avec mon père. Au moins huit heures en Simca 1000 avec ma mère, qui avait toujours un village à visiter et une promenade à faire avec notre fox-terrier. Après quatre cent cinquante kilomètres, la route devenait vallonnée, sinueuse et les paysages se déroulaient, profonds et verts. Ici ou là, des fermes douillettement gîtées dans des replis, quelques étangs et les premiers toits d'ardoises qui pointaient vers le ciel. Proches du but, il nous arrivait d'être bloqués derrière de grands troupeaux et des charrettes de foin brinquebalantes qui déambulaient au pas. Nous prenions ces ralentissements avec indulgence, au contraire des bouchons qui avaient précédé. On ouvrait grand les vitres de la voiture, pour s'imprégner de l'odeur des prés et appeler la chaleur du soleil sur nos paupières.

À Eiberlacho, il ne se passait pas grand-chose, la vie était simple. L'été s'étirait en famille, loin du bruit du monde, rythmé par la vie de la maison, les devoirs de vacances, l'apprentissage de l'équitation et les cours de natation à la piscine municipale. Les semaines s'animaient de dîners chez des cousins et de séjours d'amis qui descendaient ou remontaient du Midi. Il y avait aussi les baignades le long de la Vézère et de la Dordogne, les fêtes foraines, les découvertes des villages et les visites des châteaux. La maison était imprégnée d'arômes d'encaustique et de feux de bois qui éveillaient mes sens. Je faisais l'expérience de perceptions nouvelles, l'air chargé d'humus, l'épaisseur du silence, le grincement des portes, la saveur des tourtes de pain, le goût du lait, la sonnerie du gros téléphone en bakélite, l'intimité des lits bateau, les baisses de tension le soir, l'ombre inquiétante des lampes à huile, le picotement des draps en lin, et même l'eau du bain qui ne rinçait pas.

À Eiberlacho, j'arpentais les champs, je jouais avec le vent et j'embrassais des arbres, je déplaçais les pierres, j'écoutais l'air pur.

C'est à la faveur de ce pas grand-chose que j'ai découvert et appris plus que partout ailleurs.

Les premiers jours de septembre annonçaient la fin des vacances. Je me résignais à vider mon armoire, faire ma valise et aller saluer en famille tous les voisins. Mon père chargeait la voiture. Inévitablement, approchait l'instant sépulcral de la fermeture des volets, qui livrerait Germain à l'abîme sourd d'une interminable nuit.

Sur la nationale 20, la 404 filait plein nord vers la grisaille. Le programme radio célébrait les Michel, *Et mourir de plaisir*, *Wight is Wight*, *Une belle histoire*. Sardou, Delpech, Fugain... Roulé dans un plaid écossais, je rêvais de Germain s'évadant de son cadre d'ébène, réanimant ses contemporains, un à un, et reprenant le cours interrompu de son histoire, le flot de sa vie. Puis il y eut *Dans la maison vide* de Polnareff. Fallait-il se prénommer Michel pour devenir chanteur à succès ?

Moi, c'était Tristan, qu'allait me réserver le destin ? J'avais sept ans et je n'imaginais pas un instant que

Germain, mon grand-père, ce personnage étonnamment absent du panthéon familial, susciterait un jour tant de mystère et de passion.

II

Quinze étés passèrent au rythme d'un printemps. C'est peu quinze étés. Le temps de sortir de la douceur de l'enfance, d'affronter les tumultes de l'adolescence, se retrouver projeté dans l'élan d'une vie qui se dessine. C'est très peu.

La maison n'avait plus accueilli personne depuis que mes parents s'étaient installés sur la Côte d'Azur, à quelques kilomètres de l'Italie. La campagne restait belle, accueillante mais l'habitat s'était densifié. Tout paraissait moins grand en dépit des arbres qui ne se lassaient pas de prendre de l'ampleur. Les abeilles envahissaient toujours pacifiquement la vigne vierge, il persistait dans la maison l'odeur de la cire à parquet mêlée à celle des feux de cheminée. Germain avait disparu, remplacé par des portraits plus contemporains, aux tonalités

Kodachrome et aux cadres argentés, mais tout redonnait vie à l'enfance, à ma famille, à mes copains du village, nos escapades à vélo. Eiberlacho ravivait ma géographie intime, c'était la permanence du monde.

À Eiberlacho chaque nouveau séjour prenait pour moi des couleurs diplopiques. Je percevais les choses en double, ce qu'elles étaient devenues et ce qu'elles restaient dans ma mémoire. Par ce curieux phénomène d'ubiquité temporelle, je pouvais, par exemple, retrouver une amie d'enfance et la revoir en même temps telle qu'elle était, dans l'insouciance rayonnante de ses seize ans, lorsque nous nous évadions, épris d'aventure et de liberté, sur une mobylette bleue.

Cette diplopie m'empêcha longtemps de regarder le village dans sa réalité mais fortifia ma relation avec Eiberlacho, ce qui amenait d'ailleurs un lot de commentaires désabusés de tous ceux qui, bien sûr, s'interrogeaient sur l'attachement que je portais aux gens, comme aux paysages d'ici. *Qu'est-ce qu'il peut bien faire à Eiberlacho ? Il ne s'y passe pas vraiment grand-chose, il serait mieux avec nous dans le Midi ! Cette propriété est agréable mais la vie sociale est aussi désertique que le plateau de Millevaches...* Chacun y allait de son verdict. Je m'étais toujours gardé de contredire ces déracinés, abandonnés par la nature, tellement démunis loin des jungles urbaines ou des stations balnéaires. Ils ne partageaient pas l'expérience, et c'était tout !

Au hasard d'une tentative de rangement du grenier, quelques lettres de Germain me tombèrent sous les doigts. Elles étaient minutieusement enrubannées, au fond d'une malle en camphrier, dans un capharnaüm de vieilleries. Je les emportai, sans les lire et les gardai plusieurs années dans ce tourbillon de bohème qui souffla sur ma vie et s'interrompit à Palos Verdes en Californie, où je m'installai par passion pour Lucie, une pianiste de Palm Springs devenue juge des enfants. J'avais la vie pour les découvrir, ces lettres.

À l'heure des choses plus sérieuses, quand mes deux filles devinrent mes nouvelles héroïnes, je me décidai à regarder les lettres. Trois générations étaient passées, il restait toujours aussi inconvenant d'explorer ce courrier qui ne m'était pas adressé, je m'y risquai, je m'immisçai dans une conversation où je n'étais pas convié, j'écoutai aux portes, je sacrifiai l'énigme du portrait de Germain sur l'autel de ma curiosité.

Je découvris l'existence ordinaire du pharmacien d'un bourg de la vallée de la Vézère en 1929. Les visites à ses cousins, l'état de santé de sa mère, ses parties de chasse entre amis... Il n'était pas question de l'état du monde, ni du lointain murmure de l'effondrement de Wall Street. La finance était un concept beaucoup trop anglo-saxon pour qu'il s'y attarde, un dollar valait vingt-cinq centimes, le chômage, l'Inde et la Chine n'existaient pas. L'Allemagne devait payer pour ses dommages de guerre et le million et demi de morts et disparus. Il fallait repeupler le pays et les immigrants étaient bien accueillis. Paris découvrait Hemingway, l'Art déco, le surréalisme et le jazz. Germain restait loin de ces frivolités. Seule la mort de Clemenceau semblait l'effleurer. Je n'imaginais pas qu'il puisse évoquer des gens, des lieux qui m'étaient familiers et je m'étonnais de lire que ceux que j'avais aimés étaient aussi ce qu'il avait eu de plus précieux. L'illusion du temps s'estompait, le passé devenait présent. Nous aimions les mêmes personnes, les mêmes lieux, seule la perspective changeait et me précédait de quatre-vingt-cinq ans, couleur sépia. Ces lettres évoquaient des projets que je n'avais jamais vus que réalisés, et des lieux que j'interrogeais, comme un généalogiste amateur, en me demandant ce qu'il en subsistait, la pharmacie, des carrés de vigne, l'extension d'une maison, l'édification d'une roseraie... Germain me donnait à découvrir l'élégance des vrais sentiments, la compassion pour « [ses] petits malades », la gratitude qu'il portait à sa famille, ses attentions envers les plus simples, et la joie que lui procuraient ses épagneuls. Il vouait une passion à l'aviation et sa foi dans le cosmopolitisme se nourrissait de l'horreur de la guerre et de la folie des nations. Il s'extasiait, enfin, des prodiges de la nature et méditait dans le silence intime d'un feu de bois, comme d'autres auraient prié Dieu.

Pour essayer d'en savoir plus sur cet inconnu, j'ai voulu analyser la forme de son écriture, l'épaisseur du trait d'encre, l'odeur et la couleur du papier et j'ai pris conscience que derrière chaque lettre au graphisme incliné il y avait le mouvement de la main qui caressait le visage de ma mère lorsqu'elle était enfant.

Certaines des lettres commençaient par « Mon tendre amour », toutes se terminaient invariablement par « Votre ange Germain qui veille sur vous et qui vous aime. » D'autres laissaient dévoiler la nature de ses démons, ceux des matins austères et glacés de novembre qui hantent l'esprit d'un homme seul dans la grande plaine de l'existence.

« [...] Tous disparus. Ces deux mots m'évoquent l'absurde, le néant, l'inévitable conclusion qui s'annonce, sans fumée ni bruit, et qui finit par tout emporter insidieusement dans les abysses de l'oubli. Qui deviendrions-nous sans parents, sans frère ni sœur, sans plus personne pour évoquer notre enfance, la famille et tous ces détails et circonstances qui contribuent à nous faire ce que nous sommes ? Alors que s'égrène notre propre histoire, nous devenons nos parents, nos frères, nos sœurs, nos ancêtres, tout cela à la fois. [...] Quand en songe je me transporte, c'est toujours à Eiberlacho que je me rends. Je me raccroche à une histoire, à mes premières amours, à cette petite musique légère et profonde. Ma mémoire est une vieille malle au fond de laquelle sont empilés tant de souvenirs inanimés, de fièvres, de cris et de douleurs, qu'il m'arrive de vouloir les oublier sans les effacer ; devenir amnésique pour mieux se bâtir, échapper au souvenir de l'épreuve des deuils, des séparations, des accidents, des longues maladies ; enfouir drames et cauchemars, devenir léger, heureux. L'oubli m'est un remède, le rêve d'un impossible exil qui effacerait ma propre trace et redessinerait ma vie, une vieille malle enfouie comme le sont tous les miens, dans cette terre immuable, rude et belle. »

Cette terre dont parle Germain, c'est Eiberlacho. Qui l'a nommée ainsi ? Je crois ne l'avoir jamais su. Blottie dans le silence des labours et des sous-bois, ses murs portent l'empreinte du blé noir et du souffle granitique des Monédières.

Eiberlacho incarnait pour Germain l'écho du passé dans un monde qui ne s'était pas encore transformé. Eiberlacho était une singulière propriété agricole, une demeure, un lieu de villégiature et de chasse qui abrita aussi ses amours.

Eiberlacho suffit à remplir sa vie.

III

Nous avions décidé de vendre la maison. On était arrivé tous les trois depuis vingt-quatre heures. Le décalage horaire creusait des cernes sous nos yeux et chacun réglait au mieux son horloge biologique pour échapper au vertige des neuf fuseaux que nous venions de parcourir. Déconnectées d'Instagram et sans wifi, Charlotte et Annabelle languissaient sous la chaleur de la lumière de juillet. Eiberlacho nous accueillait pour un dernier été. Une page se tournait. J'étais un homme seul, leur mère n'était plus là.

Je réorientais le cours des choses et j'abandonnais la douce nostalgie de tout ce qui s'était créé là. Je me libérais du mausolée des souvenirs, de la présence d'êtres inanimés, de ce que les pierres avaient à me dire, du regard des arbres, des murmures du jardin. La vente de la maison ne réjouissait ni ne blessait personne, elle ne provoquait ni révolte ni indignation, si ce n'est le tumulte intérieur de quelques souvenirs qui vagabondaient encore, rebelles et insoumis. Eiberlacho nécessitait un projet complet à mener en France et la soudaine disparition de ma compagne avait mis fin à toute velléité d'installation. Ainsi s'évanouissaient la douceur de ces moments sensuels dont seul l'été français a le secret, la parenthèse solaire qui s'étire langoureusement entre paresse et convivialité, où on se réchauffe de retrouvailles, autour d'une grande table ombragée à goûter de tout, à débattre de rien, où on s'abandonne lascivement au soleil et à quelques pages de littérature et où on comprend qu'on ne dormait pas assez pour que la caresse de l'ombre sonne l'heure d'enfiler une chemise sur nos peaux brunies pour l'inévitable apéritif du soir. Il fallait être amoureux pour embrasser cet été-là.

Nous ne l'étions plus. L'idée de la séparation s'était imposée au fil du temps, presque naturellement. J'arrachais cette page d'autant plus facilement que Charlotte et Annabelle ne se projetaient pas à Eiberlacho. Je croyais cette décision banale, détachée de conséquences. Je n'imaginais pas le souffle des forces mystérieuses, venues de loin pour déranger les pierres.

On sonnait au portail. Sur le perron, un vieil homme se tenait adossé contre le puits. Il était trapu et coiffé d'une casquette de tweed épais qui n'arrivait pas à masquer son visage couperosé. Il était vêtu comme en automne, avec une veste de chasse et un pantalon brun à grosses côtes de velours un peu trop long. Les mains croisées sur le pommeau de sa canne il scrutait de son regard vif la façade de la maison. Tout commença par une poignée de main. La sienne était forte et rugueuse avec des ongles longs et jaunis. « Venez-vous de la part de l'agence ?

— Non pas ! Mais si vous attendez du monde je peux toujours repasser plus tard. »

J'attendais un expert pour l'évaluation de la maison, mais je n'étais même pas sûr qu'il passerait aujourd'hui. Je lui proposai d'entrer !

Il s'attarda quelques instants au pied de l'escalier pour observer le fournil, puis il se concentra sur ses pas et gravit avec précaution les quelques marches qui menaient au salon. « Voilà longtemps que je n'étais pas venu dans cette bonne maison, tout est là, même l'imposant cantou !

— Il y a plusieurs hivers que nous n'avons pas allumé la cheminée. Mais, pardon, je n'ai pas le souvenir que nous nous soyons déjà rencontrés... je peux me tromper.

— Vous ne vous trompez pas et vous allez penser que je reviens du fond des âges, ce qui n'est pas faux ! J'ai bien connu les vôtres et surtout votre grand-père Germain. Votre aïeul était membre d'une société scientifique quand j'étais encore au petit séminaire. J'assistais aux conférences qu'il donnait sur les plantes médicinales, les champignons et leurs pouvoirs thérapeutiques. C'était, je pense, vers 1925, j'avais à peine douze ans. Le dimanche matin, après la messe, je ne manquais jamais d'aller le saluer à la pharmacie. Quand il n'était pas occupé avec ses clients, il me proposait de l'accompagner avec son épouse et sa fille Odile. C'était pour moi épatant de circuler en auto, une Citroën B10, à cette époque il y en avait très peu dans la région.»

Il parlait d'une voix haletante en étouffant régulièrement sa toux avec un mouchoir de la taille d'une serviette de table. Il promenait son regard sur les murs comme s'il cherchait quelque chose, peut-être simplement ses souvenirs.

«Souvent, les fins de semaine, votre grand-père partait chasser avec son ami le Dr Labrousse, dans les bois du bas qui foisonnaient de gibier. Je trouvais toujours une bonne raison de les accompagner. C'est lui qui m'a appris à tirer, et les munitions ne manquaient pas, car son père, votre arrière-grand-père, était dépositaire de poudre. Quand il ne chassait pas, votre grand-père occupait son temps libre à installer l'électricité dans les fermes d'alentour. Il devait être compétent, car on s'arrachait ses services. Mais il était surtout reconnu pour son expertise en matière de champignons. Il avait l'incroyable réputation de les goûter tous: les bons, les mauvais, les hallucinogènes, tout y passait, et le voisinage s'amusait de ses expériences. Combien de fois ai-je entendu dire sur la place que *le père Cluzan était tout bleu, ou tout jaune* ou encore : *Cette fois, il ne s'en remettra pas !* Il s'en remettait toujours et faisait en sorte d'entretenir au mieux sa solide réputation. Mais je ne suis pas venu ici pour évoquer mes souvenirs d'enfance. »

Quel était le sens de la visite de ce curieux personnage ? Je l'écoutais avec une immense curiosité, car je connaissais finalement très peu de choses de la vie intime de ce grand-père décédé en 1947.

« Pardonnez-moi, je ne me suis pas présenté. Je me nomme Jehan Amarzit, mais appelez-moi Jehan. Le motif de ma visite est celui-ci : il se trouve qu'un documentaliste m'a fait découvrir un *liber rationum* qui devrait beaucoup vous intéresser.

— Un livre de raison ?

— C'est cela même. Enfin, il s'agissait plutôt de registres que tenaient les maîtres de famille autrefois. Ils y recensaient principalement les comptes domestiques, mais on y trouve aussi parfois des notations à caractère personnel, comme des dates de naissance et de mariage, les montants des dots et des héritages, etc. Ces aide-mémoires servaient à renseigner les héritiers qui se les transmettaient de génération en génération. Celui dont je vous parle est le journal que quelqu'un a tenu de 1620 jusqu'à sa mort. L'ouvrage est intéressant, car il fait état de notre village à l'époque de Louis XIII et rapporte de nombreux détails de la vie courante, liés aux cultures, aux prix des denrées, à l'alimentation, au climat, aux mœurs de l'époque comme aux métiers. L'auteur fut en poste à Limoges, à Périgueux, et dans d'autres localités de la région et il avait gardé sa maison de famille dans notre village. »

D'après Jehan, l'homme qui avait écrit ce livre de raison était issu d'une famille de négociants en vins. Sa mère, après avoir perdu un premier fils âgé de neuf ans, avait fait le vœu, si Dieu lui offrait la grâce de lui donner un second fils, d'en faire un homme d'Église. Exaucée, elle lui fit donner une éducation primaire auprès du vicaire du lieu. Quand il sut lire et écrire il partit au petit séminaire du bourg voisin, puis à Brive où il reçut l'enseignement des Jésuites et des Dominicains. Il fut ordonné prêtre en 1620. « Mais je suis sûr que vous serez très intéressé de savoir qu'il fait référence plusieurs fois à l'endroit où nous nous trouvons.

— Vous voulez dire le village ?

— Non, votre maison ! Les descriptions sont tellement précises que le doute n'est pas permis. Il y avait très peu de constructions de ce type en dehors du bourg. »

Il se moucha avec force avant de reprendre son souffle et ses révélations.

« Cette demeure était dénommée le Mas d'Eiberlacho, elle fut la propriété d'un certain Pierre Goursac qui la vendit en 1530 à Raymond Delon, un aïeul de l'auteur du livre de raison.

— Et vous connaissez le nom de l'auteur de ce livre ?

— Étienne Béronie, fils de Jean Béronie décédé en 1611 et d'Anne Verlhac qui mourut en 1621. Il n'était pas grand latiniste, car, à part quelques poèmes, l'ouvrage est écrit en vieux français.

— Et on peut le consulter?

— Assurément, mais il est pour l'instant en restauration. Je vais informer le documentaliste de votre désir de le lire. Mais ce rhume me fatigue, dit-il en toussotant. Je repasserai vous voir. J'ai tant à vous dire.»

Le jour suivant, à la même heure, je trouvais Jehan Amarzit appuyé contre le puits. Son regard était celui d'un homme qui contemplait sa vie. Il entra presque religieusement dans l'ancienne métairie puis s'installa exactement sur le même coin de canapé que la veille. Ses informations sur Étienne Béronie étaient passionnantes, mais je ne saisissais toujours pas le sens de ses visites.

«Jehan, pourquoi ces révélations sur Béronie, sur cette maison et surtout pourquoi aujourd'hui?»

Il fixa ostensiblement la grande cheminée.

«Voyez-vous, sur le manteau au-dessus du foyer sont gravées dans la pierre deux rosaces symétriques avec une croix au milieu. Elles symbolisaient le ciel, l'univers, mais aussi le soleil et donc la vie. La fleur étoilée au centre est un symbole de connaissance. La croix matérialise les rapports entre notre monde et l'au-delà. Ces symboles étaient représentatifs de l'Ordre. On les trouve dans les abbayes du XIIIe siècle et dans certaines demeures. Ils ont été repris plus tard au XVIIIe par la société des Tilleuls. De même, chaque maison, chaque propriété de l'Ordre comportait, en signe de reconnaissance extérieure, un tilleul à l'est et un châtaignier au nord. Ainsi, leurs membres savaient où faire halte et ils avaient l'assurance d'être accueillis avec bienveillance par des familles alliées. Je note que vous avez un très beau tilleul sur le perron et un châtaignier tout à fait prolifique malgré son exposition plein nord.

— Suggérez-vous que cette maison aurait appartenu à l'Ordre ? Vous y veniez enfant, c'était une métairie où vivaient, dormaient et travaillaient dans la plus grande promiscuité de simples fermiers, n'est-ce pas ? Je ne vois ni érudits ni religieux sous ce toit. »

Il relata, comme s'il s'agissait de sa propre histoire, qu'un groupe qui se réclamait de l'ordre hospitalier de Nazareth, une émanation des croisés d'Orient, était réapparu en 1625 sous le nom de l'ordre des Tilleuls. Cette organisation mystérieuse avait pénétré de nombreux échelons de la vie politique, académique, intellectuelle et influencé le destin de la région. Aux heures les plus troubles, elle aurait agi secrètement pour préserver les grands équilibres. Son déclin aurait commencé après la Première Guerre mondiale.

« C'est passionnant, mais en quoi tout cela me concerne-t-il ?

— J'y viens. Cette maison est imprégnée de l'Ordre, elle en contient des fragments et l'imaginaire.

Regardez chacune de ses seize portes, elles ne se bornent pas à délimiter l'intérieur de l'extérieur, elles ouvrent toutes sur des perspectives différentes comme autant de possibilités et de passages. On peut entrer par l'une, sortir par l'autre sans revenir en arrière, choisir l'ombre ou la lumière, s'exposer au vent ou rester à l'abri, se courber sous les plus basses ou passer par les plus hautes, sortir sur le jardin ou sur la rue. Certaines sont difficiles à ouvrir, d'autres grincent, claquent même parfois. D'autres ne mènent nulle part. Lesquelles franchirez-vous, Tristan ? »

Puis, comme s'il s'était trop laissé aller, il ajouta :

« Mais cette vénérable organisation est désormais, comme moi, en voie d'extinction. Il faut que je file, mon garçon, on m'attend. »

Je repassais en boucle les propos de Jehan. Ils étaient étonnants, inachevés et sans conclusion. Je comptais les portes qui donnaient sur l'extérieur, il y en avait effectivement seize. Le village de Nazareth existait bien, à vingt kilomètres, l'ordre hospitalier s'était éteint depuis des siècles, celui des Tilleuls était inconnu et le livre de raison n'était pas accessible. Son lien avec Germain était invérifiable. Son âge présumé m'intriguait, douze ans en 1925. À l'entendre, il serait plus que centenaire ! Son mystère résidait aussi dans le regard qu'il portait sur la maison, comme s'il s'en imprégnait un peu plus à chaque visite. J'observais la façade à mon tour, je ne vis aucun signe de l'Ordre. Le linteau de la porte daté de 1689 attestait qu'elle était contemporaine de Béronie. J'essayais de l'imaginer couverte de chaume avec des fermetures approximatives, des pièces mal éclairées, peu chauffées, une étable qui lui faisait face et une chènevière à ses pieds.

C'était surtout l'étrange chronologie des événements qui m'intriguait. Au moment précis où je revenais en France organiser la vente de la maison, quelqu'un surgi de nulle part, qui prétendait avoir côtoyé Germain il y a plus de quatre-vingt-douze ans, m'expliquait l'histoire insoupçonnée d'Eiberlacho, révélée par un étrange livre de raison, sous les auspices d'une organisation puissante et mystérieuse, désormais disparue.

Comment résister à ces messages ésotériques ?

IV

« C*an we take a ride with you, Daddy ?* » Sans attendre la réponse les filles se ruèrent dans l'habitacle vintage de mon anglaise. L'aînée s'installa sur l'unique siège passager et ne laissa d'autre choix à sa sœur que de s'allonger en travers, sur la banquette arrière. C'était une version « touring » deux places. Elle avait trouvé refuge à Eiberlacho depuis plus de vingt ans. Un spécialiste en voitures anciennes venait de lui redonner tout son lustre et de lui faire passer les indispensables contrôles techniques. Elle sortait du garage et je ne m'étais pas fait prier. Avec ses histoires, Jehan avait éveillé ma curiosité, l'envie de découvrir Nazareth me tenaillait. Le coupé tournait comme une horloge entre les pins, les bruyères et les vignes. Il enroulait les virages au rythme des mélodies Nouvelle Vague que crachait l'autoradio sans parvenir à couvrir le cliquetis du moteur.

Après Noailles, en direction du causse, un panneau indiquait Jugeals-Nazareth. Nous arrivions en terre promise ! Je coupais le contact et tout devint très silencieux. Chacun se déplia de la voiture, heureux de pouvoir se dégourdir les jambes. La rue principale était bordée de belles demeures anciennes, habillées de tourelles et de gargouilles, des vaches broutaient placidement dans les enclos.

La maladrerie templière fondée par Raymond de Turenne au début du XIIe siècle avait disparu. Derrière l'école, un vieux tilleul abritait la cour d'une maison fortifiée avec une grande porte lie-de-vin. L'entrée était ornée d'un imposant linteau de pierre. Il portait exactement les mêmes signes que ceux que m'avait fait découvrir Jehan sur la cheminée d'Eiberlacho : deux rosaces à fleurs et une croix en leur milieu. L'envie de frapper au portail me prit, je me ravisais.

Une jeune femme approchait.

« Puis-je vous aider ? me demanda-t-elle en anglais. »

Je répondis en français :

« Savez-vous si cette belle maison est habitée ?

— Non, pas à ma connaissance. Depuis que je travaille à la mairie je n'ai jamais vu personne ici. Mais il y a des gens qui y viennent de temps en temps. Je crois qu'elle appartient toujours à une congrégation religieuse ou quelque chose comme ça. Pardonnez-moi, mais en voyant votre voiture et en écoutant parler ces belles jeunes filles, je pensais avoir affaire à un Anglais qui cherchait une maison à acheter.

— Vous pensez qu'elle est à vendre ?

— Je ne saurais pas vous dire, mais qui sait ? En tout cas, moi, je n'aimerais pas y habiter. On dit qu'elle est reliée à des souterrains hantés qui passent sous l'école et qui mèneraient à une léproserie.

— Effectivement, il y a plus charmant ! Merci pour le renseignement.

— Je vous en prie. Mon nom est Monique. Je suis à la mairie tous les jours. Si vous avez besoin de quoi que ce soit, n'hésitez pas. Bonne soirée, et au revoir mesdemoiselles. »

Décidément, ce pays avait changé. Il ne correspondait plus aux stéréotypes sur les Français dont les étrangers se gargarisaient depuis des décennies, râleurs, impolis, paresseux, incapables de s'exprimer dans une autre langue que la leur.

De retour à Eiberlacho, je me mis à rechercher des indices qui puissent étayer les propos de Jehan. J'explorai de lourds albums de photos anciennes. À chaque page, des portraits statiques, démodés, provinciaux. Il y avait de tout, des couples de mariés devant des décors peints, des officiers engoncés dans leur uniforme, des premières communiantes, et même des familles campées devant leur commerce. Et aussi des chauffeurs fiers, en manteaux de cuir, au volant de leur torpédo, le pèlerinage à Lourdes, des chasseurs accoutrés en explorateurs coloniaux, la procession de pénitents blancs, une troupe de théâtre, l'équipe de football, des fillettes tristes dans des charrettes anglaises attelées... rien qui m'aidât. C'est bêtement sur internet que j'ai déniché des informations sur l'Ordre.

Il remontait à la première croisade, en 1096, quand le pape Urbain II exhorta de grands féodaux, à quelques kilomètres d'Eiberlacho, à prendre les armes pour sauver le Saint-Sépulcre et porter secours aux chrétiens d'Orient que les Turcs soumettaient aux vexations et à l'esclavage. Tous ceux qui se faisaient croisés étaient absous de leurs péchés et leurs possessions protégées. Quitte à guerroyer, autant s'en prendre aux infidèles. Les Seldjoukides venaient de massacrer les populations chrétiennes de Jérusalem et d'en interdire l'accès aux pèlerins. Les croisés se couvrirent de gloire aux sièges d'Antioche et de Jérusalem, sur la route de Tripoli et dans le port de Jaffa. De retour au pays, Raymond de Turenne fonda, en mémoire de son épopée, la maladrerie de Nazareth et l'hôpital de Jaffa, à quelques kilomètres de là. Il les confia à l'ordre des Templiers. Et avec Gouffier de Lastours, son compagnon d'armes lors de la première croisade, il édifia églises et abbayes puis contribua à la création de l'Ordre.

Pour ce qu'on en sait, l'histoire de l'Ordre est ensuite chahutée. Au XIVe siècle, sous le règne du pape limousin Grégoire XI, un schisme se produit.

Des croisés d'Orient, membres de l'Ordre, arment des navires et développent des places de négoce jusqu'en Asie Mineure. Ils lèvent une armée de mercenaires pour sécuriser les convois de marchandises et les courriers. La guerre sainte se fait au nom du commerce. Mais le royaume de France, affaibli par la peste, dévasté par les conflits internes et religieux, ruiné par la guerre contre les Anglais, n'a pas d'ambition outre-mer. Les projets de l'Ordre ne reçoivent aucun soutien des souverains, l'organisation sombre dans l'oubli.

J'ouvrais un nouveau site sur l'histoire des croisades lorsque le téléphone sonna. Je ne me précipitai pas pour répondre, la ligne fixe ne recevait que des appels publicitaires. Charlotte apparut à la fenêtre pour me tendre le combiné. « *Daddy*! *Someone for you*! » C'était une voix féminine qui se présentait comme l'assistante du recteur de l'académie de Limoges.

« Nous avons eu votre contact par l'étude Chabrerie. Le recteur souhaiterait s'entretenir avec vous d'un sujet personnel important, c'est ce qu'il m'a demandé de vous dire ! Il vous prie de l'excuser de ne pas pouvoir vous contacter directement mais il est actuellement en déplacement à Paris et propose de s'arrêter à Brive jeudi en fin d'après-midi pour vous rencontrer. Seriez-vous libre pour dîner ?

— J'ai bien peur qu'il s'agisse d'une erreur. J'habite en Californie, je suis ici en vacances et je n'ai aucune relation ni avec le recteur ni avec quiconque de l'académie de Limoges.

— Je comprends que cet appel puisse vous surprendre, mais c'est pourtant bien avec vous, monsieur Cluzan, que le recteur souhaite s'entretenir.

— Et à quel sujet s'il vous plaît ?

— Je l'ignore, monsieur. Le recteur a simplement insisté sur l'importance de vous rencontrer personnellement. Je lui avais proposé d'organiser un entretien d'une heure, mais il a tenu à vous inviter à dîner, ce qui n'est pas dans ses habitudes. Le sujet doit être vraiment important ! Pardonnez-moi d'insister. »

Je ne voyais aucune raison de rencontrer ce recteur, j'avais prévu de dîner jeudi avec Charlotte et Annabelle au marché de pays du village, mais devant l'insistance de mon interlocutrice, j'acceptai de guerre lasse l'étrange invitation. Après tout, je n'en étais plus à une surprise près depuis notre arrivée à Eiberlacho !

Les filles ne perdaient pas au change, notre adorable voisine Sandra proposa de les accompagner pour la soirée.

Le jeudi, des effluves de barbecues mêlés à des rengaines inoubliables flottaient dans l'air comme un signal. Les voitures montaient depuis les quatre routes pour s'agglutiner dans la périphérie du bourg. Le village se parait pour la fête. Je le quittais avec une sensation étrange, le pressentiment de quelque chose d'inédit, comme de passer de l'ignorance à la connaissance. Je me cramponnais au volant. La route était belle. Le soleil étirait les ombres et irradiait les collines de couleurs toscanes.

Le recteur avait bien fait les choses. Il avait réservé une table dans un Relais & Châteaux, ancienne propriété de la famille d'Aubusson où il nous arrivait avec Lucie, lors de séjours en France, de venir dîner pour célébrer des moments notables avec des amis ou de la famille. Je connaissais bien ce restaurant, il était comme une initiation au bonheur, tous ceux qui comptaient pour moi étaient venus à un moment ou un autre dans cet endroit.

Le castel de grès rose était planté sur un éperon rocheux au milieu d'arbres centenaires. Il se laissait prendre par une petite voie forestière qui dévoilait, au hasard des courbes, ses tours coiffées d'ardoises qui pointaient vers le ciel.

Je garai mon coupé à proximité d'une annexe Louis XIII, entre deux grosses berlines allemandes. Une femme sans âge en tailleur noir et en chemisier blanc se tenait sur le parking. Après quelques mots de bienvenue, elle m'accompagna dans le jardin qui faisait face à la terrasse du château. Le recteur m'attendait assis à l'ombre des tilleuls, le regard perdu au-dessus des vignes. C'était un homme de taille moyenne, dans la cinquantaine et d'apparence plutôt sportive. Les salutations d'usage furent aussi sympathiques que superficielles, et il m'invita avec bonhomie à m'asseoir à ses côtés pour partager la vue sur les couleurs ambrées du soir. Une jeune femme à l'allure élancée arriva à grandes enjambées. Souriante et affable, elle portait un costume gris clair à pattes d'éléphant. Elle nous salua, prit la commande de l'apéritif et nous remit les menus. Elle était brune, les cheveux très courts, un peu empruntée, d'un certain classicisme. Elle s'accordait merveilleusement avec l'esprit du lieu. C'était la propriétaire. On la questionna sur l'histoire du château. Elle l'évoqua avec plaisir, puis nous parla de sa famille, de son grand-père boulanger et des deux générations qui l'avaient précédée dans l'hôtellerie et la restauration. Elle utilisait un langage choisi. En parlant du château, elle disait modestement *la maison*: *C'est une belle maison*, ou encore: *L'ordonnance générale est du XVIII*e *siècle*... Conquis par tant d'élégance et de charme, nous lui avons laissé décider pour nous du menu, truffe entière en croûte avec jus réduit au porto, pigeon rôti relevé au tamarin, assorti d'un vin des coteaux du Saillant.

Nous faisions connaissance, chacun s'employait à jauger l'autre. La conversation était agréable et courtoise. Ce petit jeu d'observation dura jusqu'à ce que le maître d'hôtel vienne pour nous accompagner à notre place. La salle à manger principale était envahie de bourdonnements aux accents britanniques et hollandais entrecoupés par instants de salves de bruits de couverts. Notre table était dressée dans une petite pièce, face à une large fenêtre aux boiseries vert pomme qui offrait un paysage apaisant sur un jardin de topiaires. Une fois attablé, le recteur regarda fixement vers l'extérieur puis retira ses lunettes et se frotta les paupières avec le pouce et l'index. Il fit une pause quelques instants, comme s'il cherchait à se concentrer. Son masque tomba. « Par où commencer ? », dit-il, en suçant du bout des lèvres les branches de ses lunettes et en levant les sourcils.

« Ce n'est pas à vous qui vivez en Amérique du Nord que je vais apprendre que nous recevons des donations. Elles sont beaucoup plus modestes que chez vous, car le pays est moins riche et la fiscalité moins propice, mais ce système de financement universitaire tend à se développer. Il y a quelques jours nous avons eu la surprise d'apprendre qu'une donation très importante était destinée à notre université. Les premières complications sont apparues quand fut révélé le décès de la donatrice et surtout que rien dans son mode de vie apparent, ni dans ses moyens déclarés, ne semblait la prédisposer à un tel don. Comme vous le savez, une donation n'est jamais vraiment désintéressée ! Les donateurs sont souvent à la recherche de reconnaissance, de prestige, parfois d'avantages fiscaux ou encore de bénéfices en retour. Or, cette personne était connue pour sa simplicité et sa discrétion, elle vivait seule dans la région depuis environ dix ans, en fait, nous disposons de très peu d'informations sur elle. Il semblerait qu'elle n'ait pas de descendant. L'origine des fonds est complexe à identifier. Enfin, cerise sur le gâteau, la donation est assujettie à des conditions qui sont autant de défis dans le contexte réglementaire actuel.

— Je suis impatient de savoir. Où voulez-vous en venir.

— Cela va vous surprendre, mais vous êtes concerné par cette donation. Je m'exprime mal, je veux dire que la testatrice vous a désigné comme son exécuteur testamentaire. »

Il comprit que j'avais du mal à prendre ses propos au sérieux. Il nous resservit un verre de vin des coteaux du Saillant en s'efforçant d'être plus précis.

« Le chenin sec des coteaux d'Allassac et Voutezac est réputé pour ouvrir l'appétit plus que l'esprit, mais je vais tâcher d'être clair. Ce dossier est directement géré par le ministère de l'Intérieur compte tenu de l'importance du montant de la donation et surtout de notre incapacité à établir l'origine des fonds. Les aspects encore obscurs de la donatrice et la complexité des conditions demandées font qu'il est traité avec la plus grande confidentialité. En revanche, je suis mandaté pour vous en parler officiellement, car au cabinet ministériel certains pensent que vous pouvez nous aider à lever le voile qui entoure cette affaire. Vous n'avez certainement pas été désigné comme exécuteur testamentaire par hasard.

— Sans doute, mais il faudrait que je connaisse au moins l'identité de cette personne ! »

Pour me prouver la sincérité de sa démarche, il me montra une lettre signée du cabinet du ministre, qui lui donnait mandat pour me rencontrer et évoquer avec moi le dossier. Le courrier était intimidant comme une convocation avec sa Marianne tricolore, posée tel un sceau.

«J'imagine que j'ai dû faire moi aussi l'objet d'une enquête?

— Pas au sens policier, répondit-il un peu gêné. Le ministère dispose visiblement de toutes les informations relatives à votre identité bien que vous ne soyez pas résident français.

— Si je peux me permettre d'insister, il faudrait que vous soyez plus transparent sur l'identité de la testatrice. Faute de quoi, je crains de vous être inutile.

— Ce n'est malheureusement ni mon mandat ni en mon pouvoir, mais nous allons faire le nécessaire dans les plus brefs délais. Il faudra vous engager à garder la confidentialité de toute information, même avec vos proches. Puis-je avoir votre parole?

— Vous pouvez compter sur moi! Après un si bon dîner, dans un si bel endroit, toute résistance serait inutile!

— Et nous sommes ici en zone libre, n'est-ce pas?», ajouta-t-il bizarrement.

Je ne comprenais pas ce qui devait être probablement un mot d'esprit. Il me surprit à réciter quelques vers:

«"Fading de la tristesse oubli/ Le bruit du cœur brisé faiblit/ Et la cendre blanchit la braise/ J'ai bu l'été comme un vin doux/ J'ai rêvé pendant ce mois d'août/ Dans un château rose en Corrèze..." C'est de l'Aragon. *Zone libre*. Il a vécu ici.»

Je découvrais ce poème et j'ignorais qu'Aragon avait séjourné dans la région. Je me suis demandé sur le moment quel phénomène d'attraction avait poussé tant de beaux esprits à choisir ce lieu tellement isolé pour vivre et créer.

« Allons prendre le café dehors sur la terrasse, à défaut de me donner le nom de la donatrice peut-être allez-vous me raconter tout ce qu'Aragon faisait ici en 1940 !

— Peut-être devrions-nous comme lui goûter un vin doux, à moins que vous ne préfériez une vieille prune ? »

Les pierres flamboyantes du vieux castel repoussaient les premiers assauts de la fraîcheur du soir. D'autres énergies circulaient sensiblement. La nuit était délicieuse.

« Vous savez, dit-il en regardant le ciel étoilé, ce serait merveilleux pour l'université de disposer de cette donation. Mais je doute que nous arrivions à satisfaire l'ensemble des conditions exigées.

— Qu'adviendra-t-il si les conditions ne sont pas satisfaites ?

— C'est un vrai sujet, et la raison pour laquelle le ministère tient tant à garder le dossier confidentiel. Étant donné les sommes en jeu, beaucoup pourraient avoir intérêt à ce que la donation n'ait pas lieu.

— Qui, par exemple ?

— Les dépositaires actuels des fonds qui visiblement ne sont pas français, ou encore des héritiers secondaires.

— Qui sont-ils ?

— Je n'en ai pas l'inventaire, mais tout cela vous sera révélé bientôt. Êtes-vous disponible demain en début d'après-midi. Nous avons rendez-vous chez le notaire avec un représentant du cabinet du ministre.

— À Limoges ?

— Non, à Brive à l'étude Chabrerie. »

Depuis que j'avais quitté le restaurant, un véhicule me suivait plein phares. Je ralentissais pour le laisser me doubler, mais il restait obstinément collé derrière moi. J'accélérais pour tenter de m'en détacher et il se mettait dangereusement dans mes roues. J'avais visiblement affaire à un chauffard, et à cette heure de la nuit je n'avais aucune envie de composer avec ce type d'individu. En arrivant à Allassac, je ralentis devant l'église pour tenter d'apercevoir l'hurluberlu qui me suivait. La lueur orangée des lampadaires n'éclairait que la place déserte. Je conclus que j'avais trop abusé de la vieille prune, mais j'évitais la route départementale, en prenant la voie des Trois Villages, trois hameaux où trois tantes de Germain avaient épousé des garçons du coin. En passant par Gauch, j'eus l'impression un instant d'entrevoir sur le balcon contigu à la chapelle l'immense sourire de la nièce de Germain, Madeleine, et les douces silhouettes d'Odile et de Madeleine junior. Brusquement, un véhicule utilitaire surgi de nulle part me dépassa avant de se rabattre en freinant. Il m'obligea à donner un fort coup de volant vers la droite pour l'éviter. Je partis dans une embardée sur le bas-côté. Par miracle je parvins à reprendre le contrôle et à échapper au ravin.

Tout s'était passé si vite que j'étais incapable de me remémorer la marque du véhicule, encore moins son immatriculation. Je n'avais vu que sa couleur blanche et un grand cheval de travail alezan à la crinière blonde qui continuait de m'observer du pré voisin.

Le lendemain matin, j'éprouvais le besoin d'aller marcher dans les bois derrière la maison. En arpentant l'ancienne sapinière, j'ai retrouvé les traces des interminables balades que l'ombre du temps n'avait pas encore effacées. Je m'imprégnais du discours de la forêt, de la texture de l'écorce et de la matière de la terre, cette immense vitalité souterraine, entrelacée, filaire où tout se passe sans qu'on s'en doute. En revenant par le grand pré qui remonte en amphithéâtre d'une plantation de douglas verts à l'autre, j'enjambais les rigoles alimentées par la serve, je me tenais à distance des génisses agitées, couleur froment. En haut, à l'ombre d'un grand cerisier je rêvais d'eau fraîche. Je me surpris à sourire, à rien ni personne. Je souriais simplement à ce moment qui avait le goût du bonheur.

Cette terre était comme un révélateur, elle animait des visages et des souvenirs oubliés pour les rapprocher et les fusionner. Les rencontres prenaient un sens, les événements suivaient une logique, rien n'était le fruit du hasard, les gens partageaient des destins voisins et des expériences communes, leurs histoires se recouvraient.

J'arpentais un coteau recouvert de chênes et de châtaigniers lorsque j'aperçus au loin une petite clairière. Un arbre d'ornement, étonnamment civilisé, dominait les taillis. Il abritait une grande dalle de granit pointée vers le ciel, en mémoire d'un proche que la vie avait abandonné là. Je crus voir un instant son sourire, un grand et beau visage, à l'abri de son chapeau de paille.

On croit être seul, on ne l'est finalement jamais dans les bois. Ils sont habités, tout vous accompagne et vous pénètre.

De retour à Eiberlacho j'aperçus sur la terrasse Colette, mon énergique voisine, en pleine discussion avec l'énigmatique Jehan. Mon intuition était bonne, il était revenu !

« Ah ! Voilà Tristan ! dit-elle, vous avez de la chance, quand il part le matin dans les bois cela peut durer des heures. »

Colette travaillait sans cesse, au potager, dans un restaurant, chez des gens, avec ses animaux, elle était simplement infatigable et toujours de bonne humeur.

« Comment allez-vous, mon garçon ? demanda Jehan en me prenant affectueusement par le bras.

— Je vais bien et même très bien après cette belle balade. J'avais oublié combien les bois sont beaux et habités !

— C'est une grande fête, celle de la vie, une immense sarabande de la nature où tout se passe en profondeur, mais avec une telle lenteur que nous n'y voyons rien. »

Il paraissait mieux que lors de sa dernière visite.

« Et vous, Jehan, comment allez-vous ? Je vois que vous vous êtes débarrassé de ce rhume...

— Je vais comme je peux. Même si l'enveloppe est usée, tout finit toujours par se remettre en place.

— Est-ce indiscret de vous demander votre âge ?

— Mon âge est si avancé que j'ai arrêté de compter les années depuis longtemps. À vrai dire je n'y prête plus attention ! »

Visiblement, c'était très indiscret. Je tentai alors une autre approche.

« J'espère que vous me donnerez les secrets de votre longévité et de votre forme !

— La fontaine de Jouvence ! Je pensais quitter ce monde vers soixante-dix ans, comme tout le monde, emporté par un cancer ou une embolie. Jamais je n'avais imaginé vivre si longtemps et je ne m'y étais pas préparé. Alors, toutes ces années imprévues, il faut les occuper. J'essaie de donner du temps à ceux qui en ont besoin, et d'être utile tant que je le peux encore.

— Cher Jehan, que nous vaut le plaisir de votre visite ?

— Je rentrais d'Aubazine. Je me suis arrêté pour vous saluer et surtout pour vous remettre quelque chose», ajouta-t-il en soulevant une besace de cuir qu'il portait en bandoulière.

Je l'invitai à entrer dans la maison. Le temps de retirer mes bottes sur le pas de la porte, je l'observais s'installer comme lors de ses visites précédentes, sur le canapé face à la cheminée. «Voulez-vous un café?

— Non pas! Il y a bien longtemps que je n'en bois plus, un verre d'eau tiède fera l'affaire.»

C'était bien la première fois que je servais dans cette pièce un verre d'eau tiède. Habituellement, c'étaient plutôt des rimes en *ac*, cognac, armagnac, pauillac, gaillac, vieille prune de Souillac. Il posa sa besace sur la table basse et tenta d'en extraire un paquet soigneusement emballé de papier kraft froissé.

«C'est pour vous», dit-il en m'offrant ce qui avait la taille et le poids d'un grand livre d'art.

Je le remerciai, intrigué. J'ouvris l'emballage en prenant soin de ne pas le déchirer. C'était un grand cadre, lourd, de métal doré et piqué de taches brunes. Un verre épais recouvrait la photo d'une jeune femme au regard mélancolique avec une longue tresse qui ondulait du cou jusqu'à la poitrine.

«Reconnaissez-vous cette jeune femme?

— Ce visage m'est totalement inconnu.

— C'est Odile, la première fille de Germain. On a dû vous le dire, c'était une très belle âme, comme on en croise peu dans son existence, et, qui plus est, dotée de l'intelligence et de la beauté. Elle ne laissait personne indifférent, tout le monde ici la surnommait Dilette. C'est, je crois, son seul portrait depuis ses photos de communiante.

— Ma mère nous en parlait parfois, mais je n'avais encore jamais vu de photo d'elle. Elle est morte très jeune, n'est-ce pas ?

— Elle a quitté ce monde l'année de ses dix-huit ans. Sa mère, la première épouse de votre grand-père, anéantie par cette tragédie, est morte à son tour le mois qui suivit. Germain perdit en l'espace de deux mois ce qui comptait le plus pour lui. Sa vie bascula. Germain était un homme psychologiquement solide. Jeune capitaine pendant la Grande Guerre, il a été très tôt confronté à la barbarie du front, à l'horreur des combats, aux corps à corps, aux cercueils de glaise, aux torrents de peur. Tout cela pour lui n'était rien par rapport à ce que le destin lui imposait. La guerre était la tragédie des nations, pas la sienne. En tant que soldat, il était resté distant du chaos de l'hécatombe. Mais ce drame, ce double drame personnel, le mortifia. Anéanti, il trouva refuge dans le travail à la pharmacie et dédia toutes ses journées à ses malades. Il fit une très belle rencontre qui le transforma mais qui ne dura pas, puis parvint à reconstruire sa vie. Plus tard, même remarié avec votre grand-mère, et de nouveau père, de votre mère, il garda toujours en lui les stigmates de ce traumatisme. Il me confia cette photo en 1947, peu avant son décès, après l'avoir lui-même soigneusement emballée. Il souffrait d'une pneumonie, sans doute aggravée par les effets latents des gaz toxiques respirés au front. Il savait ses jours comptés et prévoyait que, après son décès, sa femme repartirait à Paris avec sa fille, elle était propriétaire d'immeubles de famille. Les temps étaient durs, l'alimentation toujours rationnée en ville et le pays en état de guerre civile. Il reçut le soutien de l'ordre des pharmaciens pour trouver à sa femme un travail administratif et lui permettre de subvenir à l'éducation de sa fille. Elle avait aussi l'assurance de recevoir un petit complément de revenus et de vivres grâce à Eiberlacho qu'il avait remis en métairie. Je dois vous dire qu'il me fit de très étranges révélations, tout à fait étonnantes de la part d'un esprit scientifique. Cela va vous surprendre, mais il pensait, vingt ans après le décès d'Odile, qu'elle était toujours présente à ses côtés et qu'elle exerçait une sorte de protection sur sa maison et sa famille, à la manière d'un ange gardien. Il m'énuméra de nombreuses situations révélatrices de cette présence bénéfique. Il lui arrivait même de dialoguer avec elle lors de promenades en forêt. Il m'a raconté avoir fait des voyages astraux au cours desquels, grâce à sa présence, il rencontra d'autres disparus. Par peur de passer pour un illuminé, il me demanda de mettre un voile sur nos conversations. Cette photo était pour lui une sorte de talisman, un porte-bonheur. Il m'avait demandé d'en prendre grand soin. Votre grand-père pensait que l'âme d'Odile se perdrait à Paris. Sa place était ici, au pays, à veiller sur Eiberlacho. À l'époque, les superstitions étaient courantes à la campagne. Il y avait les fades, ces fées maléfiques qu'il ne fallait surtout pas approcher, les revenants qui hantaient les fermes et les effrayantes chasses volantes composées d'âmes damnées tirées par le diable qui parcouraient la nuit avec fracas, hurlements et battements d'ailes assourdissants. Mais les révélations de Germain étaient d'un autre ordre, elles provenaient de l'esprit. Elles étaient époustouflantes et pourtant, je les pris au sérieux. Il avait cette capacité à ouvrir des portes étranges, à voir ce que nous, commun des mortels, nous ne verrions sans doute jamais. Je connaissais trop la rigueur de ses travaux au sein de la société scientifique pour imaginer qu'il puisse déraisonner. Même affaibli par les agressions de la vie, son esprit restait clair et puissant, et cela rendait ses propos encore plus troublants. J'ai souvent eu la tentation de m'en ouvrir à d'autres personnes, plus compétentes que moi, mais fidèle à sa volonté, j'ai gardé ses révélations pour moi.

— Je suis très touché de recevoir cette photo aujourd'hui, mais pourquoi ne pas l'avoir remise à mes parents en leur temps ?

— Je vous l'ai dit, Germain ne voulait pas qu'elle soit à Paris. Et j'en étais simplement le dépositaire. Si votre grand-père avait voulu que votre mère en dispose, il la lui aurait directement confiée, ne croyez-vous pas ?

Ma fin approchant, cette photo, son histoire et son imaginaire vous reviennent. Sa place est ici, dans sa famille, dans sa demeure. Cette douce jeune femme, beaucoup plus jeune que vous, est aussi votre tante, ne l'oubliez pas ! »

J'avais le sentiment que, une fois de plus, il ne disait pas tout.

« Jehan, vous faites une sympathique intrusion dans mon existence en laissant supposer que cette maison aurait des liens avec une prétendue société des Tilleuls, elle-même liée à l'ordre hospitalier de Nazareth, disparu depuis des siècles. Puis, en vous référant à un livre de raison en restauration, vous m'expliquez qu'Eiberlacho appartenait à l'auteur de ce livre, lui aussi membre de l'Ordre. Vous réapparaissez aujourd'hui en m'offrant la photo d'une demi-tante décédée il y a plus de quatre-vingts ans, dotée de pouvoirs métaphysiques et vous me dites que vous n'avez rien à ajouter. Dois-je attendre votre prochaine visite pour m'apprendre je ne sais quoi encore ? Ou voulez-vous enfin m'expliquer le sens exact de toutes ces révélations ?

— Vous vous méprenez, mon garçon, mes intentions à votre égard sont bienveillantes, et sans aucune arrière-pensée. Vous vous emportez, c'est humain et j'ai conscience que tout cela peut paraître troublant. Je vous dis ce qu'il me semble important. Je vous transmets ce que l'on m'a transmis. Je ne dispose pas plus que vous des réponses aux questions que vous vous posez. Acceptez, sans crainte, ce que le destin vous envoie. Prenez le temps d'observer en vous et à l'extérieur de vous. J'ai pensé que, si cette représentation d'Odile avait un effet positif sur votre grand-père, elle pouvait aussi agir de même sur vous et votre famille. Acceptez d'autres possibilités, la vérité se cache parfois dans ce qui est pour nous encore impalpable.

— Je vous entends, mon cher Jehan, mais à quoi pensez-vous ?

— Ce qui peut nous paraître anodin ne l'est, au fond, peut-être pas. Chaque jour les circonstances, la nature, les lieux et parfois même l'univers nous adressent des signes qui peuvent changer notre trajectoire. Savons-nous seulement les décrypter ? Chaque jour nous passons à côté de symboles et de coïncidences que nous ne savons plus décoder ni interpréter, car nous nous cantonnons à répondre aux chocs du monde environnant. Sommes-nous encore capables de sentir les énergies qui nous gouvernent, d'interpréter les étranges entrechocs de l'existence, de répondre à la loi de l'attraction ? Prenez l'exemple des inscriptions sur cette cheminée, nous en avons déjà parlé. Je ne vous ai pas convaincu, mais elles ne sont sans doute pas dépourvues de sens.

— En admettant que ces symboles aient un sens, en quoi cela changerait-il le cours des choses, l'histoire de cette demeure paysanne et tout simplement nos dernières vacances dans cette maison ?

— Bien entendu, vous avez la liberté de ne pas y prêter attention. Mais il vous est aussi loisible de considérer ces inscriptions comme des messages pouvant influencer ce que nous sommes et notre compréhension du monde. Depuis l'origine des temps, certains ont essayé d'établir un dialogue avec les générations futures pour leur léguer ce qu'ils étaient, ce qu'ils savaient et parfois aussi pour les mettre en garde. Les pierres, comme les disparus, nous parlent ! Ces inscriptions sont les pages d'un livre, elles proviennent d'une époque révolue, mais nous sont directement adressées, elles ont une signification, au même titre que le 1689 gravé sur le linteau de votre porte. Pensez-vous réellement que de simples paysans, à l'époque prérévolutionnaire, dans ce pays pauvre, aient eu les moyens d'édifier une telle maison, sur un promontoire dominant les vallées, sur des caves voûtées datant du XIIe siècle, avec de grandes cheminées, des murs d'un mètre d'épaisseur, des puits et un four à pain communautaire ? 1689, cette simple date nous parle. Elle nous dit que les propriétaires de cette demeure n'étaient peut-être pas ce que vous pensez. Permettez-moi un autre exemple. Lors de ma première visite, vous répariez la suspension du portrait situé à gauche de la cheminée. Saviez-vous depuis combien de temps ce tableau était tombé ?

— Non bien sûr, j'avais juste remarqué qu'il était tombé sur le sol le jour de votre visite. Il s'est peut-être décroché la veille, l'avant-veille où encore trois jours avant, nous passons la majeure partie de notre temps à l'extérieur ou autour de la piscine.

— La chute d'un tableau éveille-t-elle quelque chose de particulier en vous ?

— Puisque vous en parlez je crois me souvenir que ma mère vérifiait régulièrement leurs suspensions, car...

— Car quoi ? demanda-t-il fébrilement.

— Je crois que selon une vieille superstition familiale la chute d'un tableau présageait un décès dans la famille.

— Votre mère y croyait ?

— Non, je ne crois pas, mais elle y prêtait tout de même attention, comme on prend soin de ne pas retourner le pain, de ne pas passer sous une échelle ou d'éviter d'être treize à table.

— C'est important de ne pas défier le sort, dit-il en me fixant d'un regard si profond qu'il me pénétra. »

Il se leva ensuite, arc-bouté sur sa canne.

« Je crois que vous avez un rendez-vous, mon garçon. Nous avons passé un bon moment ensemble, je vais vous laisser. Concernant les tableaux qui tombent, n'imaginez aucun mystère. Germain m'avait raconté que chaque chute de tableau avait été ici annonciatrice d'un décès dans sa famille. C'est pour cette raison qu'il n'accrochait plus de portraits de famille aux murs et qu'il préférait les poser sur des étagères. »

Jehan me salua sur le seuil de la porte et dit : « Faites attention à vous, mon garçon, on peut tout espérer ou tout craindre de l'avenir. » Cet adieu, plutôt cette mise en garde m'inquiéta.

J'observais le papier d'emballage du cadre resté sur la table basse. J'étais ému de penser qu'il avait été soigneusement enveloppé des mains de mon aïeul au crépuscule de son existence. Je recevais un colis en poste restante depuis plus de soixante-dix ans. Germain était parvenu, grâce à Jehan, à transmettre à sa descendance l'image oubliée de sa première fille, et surtout sa croyance dans les pouvoirs métaphysiques qu'elle exerçait sur Eiberlacho. J'observais la photo. Il y avait dans le doux regard de cette jeune fille et dans ses traits quelque chose de commun aux gens d'ici qui la rendait très familière. Je songeais à sa mort, à celle de sa mère Eugénie et je compris à quel point nos destins étaient liés. Sans cette tragédie, Germain ne se serait sans doute pas remarié et je ne serais pas là à découvrir son portrait à Eiberlacho. Je devais à cette jeune fille d'être ce que j'étais et où j'étais. Je lui devais aussi d'avoir été, malgré elle, créatrice de ma mère. Je pensais à tout ce qu'elle n'avait pas vécu. Avait-elle seulement connu l'amour, cette femme sur laquelle je mettais enfin un visage ? En la découvrant, j'avais eu le sentiment d'entrevoir aussi son âme. J'éprouvais pour elle une profonde tendresse. Son regard me rappelait que tout est fragile, incertain, et que nos vies sont le produit d'histoires familiales heureuses et tragiques à la fois.

Sans savoir pourquoi, j'ai ouvert délicatement le dos du cadre pour extraire le portrait d'Odile. Des vers étaient écrits au fusain derrière la photo.

«Son âge échappait à l'enfance,/ Riante comme l'est l'innocence,/ Elle avait les traits de l'Amour,/ Et pour combien de jours encore,/ Dans un cœur pur et sans détour,/ Ce sentiment voulait éclore./ Mais le ciel avait au trépas/ Condamné ses jeunes appas./ Au ciel elle a rendu sa vie/ Et doucement s'est endormie/ Sans murmurer contre ses lois./ Ainsi le sourire s'efface,/ Ainsi meurt, sans laisser de trace,/ Le chant d'un oiseau dans les bois.»

V

La vieille cité affichait une prospérité sans vernis, authentique, solide et simple à la fois. Des effluves de melons embaumaient l'air chaud. Je m'arrêtai sur la « place du marché aux fleurs » et j'observai, avec amusement, les faciès grimaçants des gargouilles de la tour de l'hôtel de Quinhart qui ne se lassaient pas de menacer les passants sans qu'ils s'en doutent. Ici, chaque rue est une page d'histoire, la moindre demeure ancienne recèle des trésors architecturaux. Quelle nouvelle page était-elle en train de s'écrire ?

L'heure d'aller chez le notaire approchait. L'étude était située sur un boulevard bordé de grands platanes, c'était un vieil hôtel particulier avec, dans la cour, des bananiers et des lauriers-roses qui témoignaient de la douceur du climat. J'étais attendu. Une assistante aux cheveux roux m'invita à la suivre dans l'escalier.

Elle montait avec empressement et j'emboîtais ses pas qui claquaient sur les marches, évitant de regarder la chaloupe de son déhanchement dans sa jupe longue et ample.

Le bureau de Me Chabrerie était un capharnaüm, il y avait des dossiers partout, le mobilier disparaissait sous la paperasserie. La révolution numérique avait épargné les notaires. Le recteur vint à ma rencontre et fit les présentations. À côté de Me Chabrerie debout, et dont la stature et les trois verres à whisky alignés sur son bureau laissaient présager une bonhomie de bon aloi, se tenait Armand Voisin, haut fonctionnaire du ministère, et Malika Hachfi, une jeune femme brune au teint mat avec l'élégance athlétique d'une danseuse de ballet moderne.

Le notaire demanda à son assistante de débarrasser les verres, puis, de façon très protocolaire, il proposa au fonctionnaire du ministère de s'y installer. Il ferma les portes-fenêtres, abaissa les persiennes à moitié et me pria de m'asseoir de l'autre côté du bureau. Il y avait, sur les rayonnages de la bibliothèque, une impressionnante collection de coupes et de photos encadrées. Certaines représentaient le notaire avec des joueurs. Sur l'une d'elles il posait aux côtés de Pierre Villepreux et sur une autre il trinquait avec Patrick Sébastien. Celle où figure le président de la République était particulièrement mise en valeur. Il y avait également un ballon blanc signé Laporte et une collection de blasons. Sur l'étagère centrale trônait celui du Club athlétique, noir et blanc avec une étoile dorée, et à côté une grande photo de l'équipe vainqueur de la coupe d'Europe de 1997. Le notaire m'avait paru chaleureux, son engagement pour le rugby le rendait définitivement sympathique.

Il décrocha son téléphone, un vieil appareil à touches lumineuses, et demanda qu'on ne lui passe plus d'appel. La jeune femme en profita pour mettre son téléphone cellulaire sur silencieux. La pièce était plongée dans la pénombre. Des rayons filtraient des persiennes et dessinaient en contre-jour des lignes blanches sur le parquet. L'atmosphère était pesante.

Je sentais sur moi les regards lourds et presque hostiles d'Armand Voisin et de la jeune femme, qui s'était assise légèrement en retrait. J'étais impatient d'entendre ce qu'ils allaient me révéler.

Le recteur s'adressa au haut fonctionnaire. Il lui raconta notre rencontre afin de lui rappeler le niveau d'information dont je disposais. Puis il passa la parole au notaire. Celui-ci déboutonna son blazer et expliqua d'une voix caverneuse et monotone qu'il intervenait dans le contexte d'une donation issue du testament de Louise Carter, décédée sans héritier connu ni déclaré. Il s'interrompit quelques instants, m'observa au-dessus de ses lunettes en demi-lune et me demanda si je connaissais la testatrice. Je lui confirmai ne pas la connaître ni n'avoir jamais entendu parler d'elle.

Imperturbable, il reprit le flot psalmodique de ses propos en arpentant la pièce, de long en large, comme un instituteur pendant la dictée. Il expliqua d'une voix de gorge que le bénéficiaire de la donation était le rectorat de l'université de Limoges et que la défunte m'avait désigné comme son exécuteur testamentaire. Armand Voisin qui était resté muet depuis mon arrivée ajouta: «Vous avouerez qu'il est étrange que cette dame vous ait désigné comme exécuteur testamentaire sans vous connaître...»

Il affichait un sourire de circonstance, mais sans cacher un regard inquisiteur et une pointe d'incrimination dans le ton, qui d'emblée m'inspira de la défiance à son égard. La conversation n'avait pas commencé et mes sens appelaient à la prudence. Cet homme était étrange, il avançait masqué et je ne sais quoi de néfaste émanait de lui. Je répondis que je n'avais jamais entendu parler de cette personne et que j'étais le premier surpris d'avoir été par elle désigné. Il m'écouta avec un rictus appuyé de scepticisme. Ensuite, le notaire lut, en s'adossant à la bibliothèque, une lettre qu'avait rédigée Louise Carter à l'attention du recteur de l'académie de Limoges, elle datait, précisa-t-il, d'une semaine avant son décès. Mme Carter exprimait son souhait de créer un centre de recherche universitaire à Brive et expliquait s'être employée, ces dernières années, à tout mettre en œuvre pour sa réalisation.

«“Ce centre de recherche universitaire s’inscrira dans la continuité des pôles d’enseignement et de formation qui ont contribué aux savoir-faire de la région. Les nombreuses abbayes étant déjà des centres exemplaires et le collège des Doctrinaires enseignant depuis plusieurs siècles les sciences médicales et physiques dans une langue parlée jusqu’en Espagne et en Italie...”»

J’écoutais le notaire avec intérêt et je notais qu’il prenait un certain plaisir à nous faire lecture du document. Son ton s’animait.

«“Cette donation permettra de financer la construction et le fonctionnement d’un centre de génomique, ainsi que les premiers programmes de recherche qui trouveront des applications dans les domaines des thérapies cellulaires. Son montant est de... neuf cent cinquante millions”», dit-il en reprenant son souffle. J’ai dû avoir l’air tellement surpris qu’il répéta à deux reprises «neuf cent cinquante millions», avant que j’aie le temps de le lui demander. C’était vertigineux, jamais je n’avais imaginé qu’une donation puisse atteindre une telle somme. À cet instant, je pris conscience que j’étais le seul à m’étonner du montant, visiblement c’était plus le comment et le pourquoi qui semblaient les intéresser. Le notaire reprit: «“Cette donation reste conditionnée aux éléments ci-après mentionnés:

- Le centre devra être en fonctionnement dans les vingt-quatre mois suivant la donation;

– Les enseignants et les chercheurs seront reconnus parmi les meilleurs à l'international et l'équilibre des genres sera respecté ;
– L'admission sera gratuite pour les étudiants résidants dans notre département et dans les trois départements frontaliers du Lot, de la Dordogne et du Cantal ;
– 40 % des admissions seront réservées aux étudiants étrangers et à des scientifiques issus des grands centres de recherche en génomique humaine ;
– Les fonds et le suivi du projet seront gérés par une fondation *ad hoc*, rattachée au rectorat de l'université de médecine de Limoges, mais indépendante de l'État, qui sera chargée de la conception, de la réalisation, du financement et de la gestion du centre ;
– Les bâtiments du centre devront s'inscrire dans une démarche de développement durable.

Si une seule des conditions susmentionnées n'était pas réunie, la donation serait annulée dans son ensemble.

M. Tristan Cluzan, résidant à Palos Verdes en Californie sera, en tant qu'exécuteur testamentaire, habilité à mobiliser les fonds, à veiller à la justification de leur affectation et à la vérification de l'application de ces conditions."

Voilà, conclut le notaire, vous savez tout ou presque, je vous épargne les annexes relatives à la mise à disposition des fonds par les banques, car en tant qu'exécuteur testamentaire vous aurez le loisir de les découvrir ultérieurement. Je vous remettrai en outre un rapport où la défunte esquisse sa vision de l'écosystème recherche, enseignement, financement et entrepreneuriat, que le centre devra développer. Tout cela est à votre disposition.

— Qui est cette donatrice? demandai-je.

— C'est tout le problème, dit Armand Voisin, nous n'arrivons pas à savoir réellement qui elle est ni d'où vient sa fortune. Nous supposions que vous seriez en mesure de nous éclairer. Nous pensions qu'elle était originaire d'Ussac. Mais nous n'avons trouvé aucune personne enregistrée sous son identité à la mairie de la commune. Il y a de nombreuses Louise ici et la plupart des archives départementales ont disparu dans l'incendie de la préfecture en 1944. Son nom, Carter, doit être probablement celui de son mari, nous ignorons son nom de jeune fille. Sa première apparition dans nos archives remonte à ses quarante-deux ans. Nous savons qu'elle travaille à Berkeley, en Californie, puis à Montréal, au Québec, qu'elle séjourne par la suite plusieurs années en Inde et au Cambodge. En 2008, elle s'installe ici, dans une maison située dans les hauts du quartier de l'hôpital. Elle vivait seule. On nous a dit qu'elle recevait peu, mais malgré son âge avancé, il semble qu'elle ait voyagé en Amérique du Nord tous les trois mois environ. Louise Carter avait la triple citoyenneté, française, américaine et canadienne. Elle vivait simplement et tout laisse penser qu'elle menait une double vie. Ses centres d'intérêt, peut-être même ses affaires et ses proches, étaient en Amérique du Nord. D'après l'aide-ménagère qu'elle employait à mi-temps, Mme Carter passait de longs moments sur Skype, mais comme elle s'exprimait en anglais, le témoin n'a pas été en mesure de nous confirmer la teneur des conversations. L'enquête a révélé qu'elle avait enseigné au Collège des lettres et sciences de l'université de Berkeley, puis à l'université McGill de Montréal. Mme Carter a publié plusieurs ouvrages de recherche en anglais sur les thèmes de la pauvreté et des addictions. Elle était visiblement aussi très engagée dans la lutte contre la maltraitance des femmes et des enfants et impliquée auprès d'organisations caritatives en Inde et au Cambodge.

— Tout cela est très honorable et ces universités sont parmi les plus prestigieuses au monde. Mais, si je peux me permettre, pourquoi toutes ces précautions ? La démarche de Mme Carter semble être une superbe opportunité pour la région.

— Oui, bien sûr, c'est beaucoup d'argent. Malheureusement nous n'avons à ce jour aucune confirmation sur l'origine des fonds. L'État, via l'université, étant associé à la donation, nous ne prendrons aucun risque sur ce point. Comprenez-nous, cette dame dont les origines nous sont inconnues, mène son existence de l'autre côté de l'Atlantique, en Inde et dans le Sud-Est asiatique. Elle s'installe dans cette ville à la fin de sa vie et fait une donation de neuf cent cinquante millions à l'université, en nous dictant ses conditions pour un projet extravagant, et en désignant un exécuteur testamentaire qui déclare ne pas la connaître... Ses comptes bancaires et ses sources de revenus courants sont tous d'origines étrangères. Sa maison était louée. Elle disposait d'un numéro de sécurité sociale, mais nous ne trouvons aucune trace de remboursements ni de médecin traitant. Mme Carter déclarait deux cent cinquante mille euros de revenus d'épargne et aucun capital au fisc français. Les trois personnes présentes lors de son enterrement étaient son aide-ménagère, une jeune femme que nous avons identifiée comme la fille de l'aide-ménagère, ainsi qu'un vieil homme dont nous ignorons encore l'identité. Bref, j'aurais préféré que le donateur soit un industriel connu.

— Tranquillisez-vous, pondéra le recteur, je doute que par les temps qui courent vous trouviez un industriel pour faire une telle donation ! Pour un montant si important nous pouvons bien tolérer quelques caprices et questionnements ! En tout état de cause l'exécuteur testamentaire pourra éclaircir avec les organismes financiers le sujet de l'origine des fonds !

— Pensez-vous ! dit Armand Voisin, les banques sont à Singapour et les comptes sont à numéros ! J'ai bien noté, monsieur le recteur, que le projet du centre de recherche qu'a imaginé Mme Carter vous paraît réalisable, étant donné les moyens disponibles et ses contacts mentionnés, mais comment pensez-vous justifier de la gratuité exclusive pour les résidents de trois départements, de l'absence de l'État dans un établissement dépendant d'une université publique ou déroger aux règles éthiques qui encadrent la recherche génomique. J'ajoute que ce centre sera en concurrence directe avec ceux de Paris, Toulouse, Strasbourg et Aix-Marseille, abondamment financés par l'État avec le soutien de l'Inserm et du CNRS ! Et puis, permettez-moi de vous le dire, vouloir créer au milieu de nulle part une élite scientifique... Soyons sérieux ! Il n'y a pas le tissu social nécessaire, ni même l'effervescence intellectuelle suffisante.

— Pardonnez-moi, l'interrompit sèchement le notaire de sa voix grave et sourde de fumeur. Je ne voudrais pas faire à mon tour de la psychologie de bazar, mais face à de tels enjeux je peux vous assurer que nos élus feront leur possible pour que le rêve de Louise Carter se réalise, et je ne pense pas que les sujets de la gratuité exclusive pour les étudiants de certains départements ou de l'indépendance de la fondation vis-à-vis de l'État constituent des barrières infranchissables. Quant aux règles éthiques, elles ne cessent d'évoluer, soyons simplement agiles. Ce sera à la direction du centre de le rendre attractif en ajustant les programmes académiques, l'environnement intellectuel et l'expérience universitaire aux besoins du monde. Il deviendra une référence par l'écosystème qu'il produira, par la qualité de ses enseignants, la notoriété des programmes de recherche et des publications, les jumelages avec d'autres grands centres universitaires et par les réseaux sociaux et de camaraderie que les étudiants tisseront entre eux. Bien sûr qu'ils partiront ! Ils partent tous et partout aujourd'hui ! Mais le centre sera toujours présent, soutenu et enrichi par les réseaux d'anciens élèves. Et je ne vous cache pas qu'à titre personnel j'aime l'idée de notre territoire comme lieu d'accueil pour ce centre. Allons messieurs ! La vie est trop courte pour lambiner, sachons saisir les occasions ! »

Touché ! pensai-je intérieurement. Je me délectais du bon sens de ce notaire amateur de rugby, resté toute sa vie accroché au piquet de son étude. En insinuant que les gens d'ici étaient arriérés, Armand Voisin faisait preuve d'une maladresse irréversible. À moins que son attitude dédaigneuse et provocante ne soit une manière de pousser l'exécutif local à aller de l'avant en désengageant l'État. Ce que confirma le fonctionnaire en opérant un virage à quatre-vingt-dix degrés.

« Vous avez sans doute raison, maître, les choses sont peut-être plus simples localement que vues depuis Paris. S'il y a vraiment une volonté locale de porter et d'encadrer le projet, alors il n'y aura pas d'obstacle à sa réalisation. Nous pouvons donc accepter la donation sous réserve de la vérification de l'origine des fonds. Nous sommes d'accord, maître ?

— Absolument. Le calendrier étant très serré, cela permettra à l'université de lancer les premières démarches et d'anticiper la création de la fondation *ad hoc*, d'identifier ses futurs membres dirigeants, d'évaluer des sites pour le centre, etc.

— Il faudrait peut-être commencer par informer le préfet et les élus, suggéra le recteur. Dès les premières démarches tout va se savoir très vite et nous avons intérêt à maîtriser la communication du sujet pour éviter toute récupération politique.

— Informons-les, mais avec les réserves d'usage relatives à l'origine des fonds. Pouvez-vous vous charger des élus ? demanda Armand Voisin.

— Laissez-moi simplement le temps de passer quelques coups de fil au cabinet du maire et au conseil général. J'essaie d'organiser un déjeuner demain avant votre départ.

— Pour les banques, comme je le mentionnais, ce n'est pas si simple. Je vais laisser Mlle Hachfi vous exposer la situation. »

Elle était restée muette depuis le début de la rencontre. Très concentrée, rien ne semblait lui avoir échappé. Elle commença par se présenter d'une voix claire et énergique. Elle travaillait à la sous-direction des affaires économiques et financières dépendant de la direction centrale de la Police judiciaire. Malgré l'intervention de ses services, il n'avait pas été possible d'obtenir d'informations précises sur la disponibilité des fonds rattachés aux comptes bancaires mentionnés par

Louise Carter. Seul l'exécuteur testamentaire, muni des pouvoirs transmis par la défunte, et à condition qu'il se présente personnellement, aurait accès aux informations financières et pourrait organiser les transferts. «Êtes-vous prêt à faire le tour du monde, monsieur Cluzan?», conclut-elle.

Je commençais à entrevoir la complexité de la situation. Si j'avais bien compris l'échange très technique auquel je venais d'assister, mes interlocuteurs ignoraient l'origine des fonds, mais ne savaient pas non plus si les comptes étaient réellement approvisionnés ni, bien sûr, à qui ou à quoi ils étaient rattachés, à Louise Carter, à des fonds, à des entreprises? Je commençais à comprendre que j'étais le seul à pouvoir retirer les fonds et à les transférer vers la fondation.

«Je serais ravi de vous aider, mais, si vous le permettez, j'aurais besoin d'une précision: quelle est la cause du décès de Mme Carter?

— Elle n'avait pas à notre connaissance de problème de santé déclaré. Son aide-ménagère l'a trouvée inanimée dans son lit un matin, en prenant son service, dit Malika Hachfi.

— Un arrêt cardiaque, selon l'autopsie, précisa Armand Voisin.

— Pourquoi s'est-elle organisée pour que son projet soit réalisé après son décès? Pourquoi ne pas avoir fait tout ça de son vivant, il y a cinq ans? C'eût été beaucoup plus simple et tellement gratifiant pour elle.

— Nous arrivons tous à la même conclusion, dit le représentant du ministère, et nous partageons les mêmes interrogations. C'est d'ailleurs la mission de Mlle Hachfi, nous aider à y voir plus clair. Peut-être, mademoiselle, pourriez-vous résumer à M. Cluzan de quoi il retourne. »

Malika Hachfi me regarda avec un sourire qui mimait la gêne.

« Nous ne voulons surtout pas vous inquiéter, mais nous ne pouvons pas écarter le risque d'une escroquerie de grande ampleur organisée aux dépens de Mme Carter. Cette donation nous a été communiquée par voie postale. Me Chabrerie n'a jamais rencontré Louise Carter. Rien ne prouve que tout cela a été fait par elle. Une écriture comme une signature sont facilement imitables. Avec un peu d'imagination et beaucoup de mauvais esprit on peut élaborer différents scénarios. Et je pense que vous avez compris que vous êtes le seul à pouvoir débloquer neuf cent cinquante millions, que sans vous rien n'est possible, mais aussi que, avec votre complicité involontaire, cette somme pourrait prendre une tout autre direction que la fondation de l'université.

— Certes, mais il faudrait que les malfaiteurs aient accès aux comptes numérotés de Mme Carter et qu'ils soient arrivés à faire le lien avec elle.

— Encore une fois, je ne voudrais pas vous inquiéter, mais il leur suffirait d'une simple complicité dans une banque. Une fois la donation formellement acceptée, les banques contactées par le notaire de l'université seront dûment informées et attendront votre visite, mais un tiers pourrait tout aussi bien vous forcer la main ou simplement usurper votre identité pour détourner la donation à son profit. Ma mission consiste à prévenir ce type de risques. Nos confrères britanniques nous ont informés d'une escroquerie de même nature qui s'est produite au Brésil récemment. L'exécuteur testamentaire, originaire de Birmingham, a été retrouvé noyé au fond d'une rivière à moitié dévoré par des crocodiles. Désolée pour ce détail morbide ! »

Le notaire s'approcha et mit sa main sur mon épaule.

« Puis-je vous offrir un petit remontant ? Je sais qu'il est tôt, mais il est bien 19 heures quelque part dans le monde. Après ce que nous venons d'entendre un pur malt pourrait nous faire du bien ! »

Je remerciai le notaire de son obligeance et risquai une dernière question sur la probabilité d'un tel scénario.

« Nous ne pouvons pas l'exclure, répondit Malika avec son beau sourire gêné. Dans une situation normale, les mouvements de fonds de cette ampleur sont prévus pour être organisés entre personnes morales représentées par des individus. Ce qui nous inquiète dans cette affaire, c'est que toute la démarche repose sur vous et que les sommes sont déposées sur des comptes anonymes à numéros. Il faut donc dans un premier temps récupérer les fonds, puis organiser les transferts. C'est là que nous pensons que se situe la zone de risque.

— Puis-je déléguer mon mandat d'exécuteur testamentaire, par exemple à vous-même, maître, ou à une institution ?

— Malheureusement non ! C'est vous qui disposez des pouvoirs. Vous devez personnellement vous rendre dans les banques où les comptes ont été ouverts.

— Et quelle est l'alternative si je veux éviter les crocodiles ?

— Le plus simple serait de refuser cette donation, réitéra Armand Voisin. Mais j'ai cru comprendre d'après nos échanges que ma proposition ne faisait pas l'unanimité. Et ce ne seront pas les élus que nous verrons demain qui diront le contraire. Maintenant, nous ne pouvons pas vous forcer à accepter le mandat. Vous connaissez les tenants et les aboutissants du dossier, ses risques éventuels, c'est à vous de vous déterminer. »

J'éprouvais le besoin de prendre de la distance et mon esprit était confus. J'étais face à un curieux marché dont je ne pouvais pas décemment refuser le mandat. J'avais l'étrange sentiment que la situation était instrumentalisée, mais je n'arrivais pas à déceler dans ce flot de paroles qui se servait de qui, et dans quel but. Le lugubre Armand Voisin, le recteur et la charmante Malika se répartissaient habilement les rôles d'une saynète en forme de tartuferie dont j'étais, malgré moi, la dupe. Il ne manquait plus que le chauffard qui avait tenté la veille de pousser ma voiture dans un ravin pour que le décor soit complet. Mon regard croisa furtivement celui de Malika. J'eus l'impression de lire dans ses yeux noirs. Elle semblait me dire que les soupçons du cabinet du ministre à mon égard servaient la bonne cause, qu'ils contribuaient à la réalisation du rêve de Louise Carter, que je devais découvrir pourquoi cette dame m'avait désigné comme exécuteur testamentaire et surtout pourquoi j'avais mérité, à ce point, sa confiance.

Je décidai à mon tour de participer à la farce qui se jouait. Il me restait à tester la détermination de mes interlocuteurs à rendre possible le projet Louise Carter.

«Je vous l'ai dit, je serais heureux de vous aider en acceptant le mandat, mais à vous entendre, si personne d'autre que moi ne peut récupérer les fonds, certains peuvent avoir tout intérêt à me mettre hors circuit, simplement pour éviter que les sommes aillent à la fondation de l'université. Je pense à des héritiers secondaires que vous n'auriez pas encore identifiés, ou simplement aux détenteurs actuels des fonds qui sont peut-être des organismes financiers ou des entreprises et qui n'ont aucun avantage à voir cet argent disparaître. Vu sous cet angle, je me retrouve en situation de risque pour ne pas dire en danger. J'ai deux filles qui ont besoin de leur père et je ne vois pas ce que cette aventure va me rapporter.

— Si le projet se réalise, répondit tout de suite Armand Voisin, ce sera en partie grâce à vous et nous mesurons parfaitement que vous n'en tirez aucun avantage. Maintenant, il faudrait voir avec M. le recteur le rôle au sein de la fondation *ad hoc* qui pourrait vous être confié pour vous remercier de vos efforts et de votre indispensable contribution.

— C'est très aimable, mais ce n'est pas le sujet. Je pensais surtout à ma sécurité personnelle après les précisions de Mlle Hachfi.

— M. Cluzan a raison, dit le notaire. Je suis bien placé pour savoir, lors de successions simples, entre gens réputés normaux, à quel point peuvent s'exacerber la faiblesse, l'hypocrisie, la jalousie, la ruse, le mépris, la colère, le mensonge, le chantage, la manipulation, les menaces et jusqu'à la haine et la violence. J'en ai même vu certains s'assassiner pour quelques centaines de milliers d'euros. Alors, à quoi s'attendre pour neuf cent cinquante millions ? La guerre totale, les armes de destruction massive ? »

Contrairement à mes autres interlocuteurs, Malika Hachfi avait, je crois, compris que je jouais avec la situation, elle me regardait curieusement. À l'évidence, elle ne savait pas où je voulais en venir. Armand Voisin repartait à la charge.

« Seriez-vous prêt à faire les démarches auprès des banques si nous vous apportions toute la protection requise ?

— Avant de vous répondre j'aimerais pouvoir me rendre chez Louise Carter.

— Qu'espérez-vous, tout le mobilier a été déménagé, cette maison est vide, vous ne trouverez rien !

— J'ai simplement besoin d'en savoir plus sur elle.

— Je doute que cette visite vous apporte quoi que ce soit ! Mais bon, si c'est un préalable... Pouvez-vous organiser cela, mademoiselle ?

— Je peux organiser une visite dès demain. Je récupérerai les clefs chez l'aide-ménagère ce soir. Demain matin à 8 heures devant le domicile de la défunte, cela vous convient-il ? »

Elle nota l'adresse de Louise Carter au dos d'une de ses cartes de visite. Ma curiosité sembla la surprendre. Elle pensait probablement que j'avais besoin de temps pour me décider ou que j'essayais d'en gagner. Je n'en restais certainement pas moins suspect à ses yeux, pour ne pas dire coupable d'avoir été désigné comme exécuteur testamentaire et chef d'orchestre de la mobilisation des fonds.

Désormais c'était clair, ils étaient tous prêts à aller très loin pour m'amener à accepter le mandat de Louise Carter. Il était tard. Je pris congé de tous ces gens.

VI

Je remontai à Eiberlacho plein de questions, j'avais surtout des doutes sur ma mémoire. Qui était Louise Carter ? Avais-je pu la rencontrer ? En vingt ans, j'avais couru les quatre coins du monde, goûté le vent des Mascareignes, la sensualité de la Polynésie et l'enchantement de la Mélanésie avant de me transporter durant des années dans l'énergie des plus grandes métropoles asiatiques. Dans quelle vie m'avait-il été donné de croiser Louise Carter ? Et avais-je pu l'oublier ? J'explorai différentes tranches de mon passé, je creusai ma généalogie, je bousculai les souvenirs, je sondai chaque voyage, mais elle restait invisible. Je consultai des albums de photos et des carnets de voyage, je parcourus ma bibliothèque à la recherche d'ouvrages universitaires qu'elle aurait pu écrire. Rien, aucune trace de Louise Carter.

J'échafaudai différentes hypothèses et j'optai pour l'éventualité d'une relation cachée avec un membre de la famille. Mais son profil d'universitaire nord-américaine engagée en Inde et au Cambodge était par ailleurs trop notoire pour rester obscur. Une telle femme pouvait-elle s'accommoder d'une relation ordinaire ? Et qui dans la famille avait le tempérament assez fort pour entretenir une liaison dissimulée avec Louise Carter ? Personne *a priori*, mais que savons-nous de la vie intime de ceux qui nous entourent et plus encore de ceux qui nous ont précédés ? Nous ne connaissons que ce qu'ils nous ont permis de voir et d'entendre, les vies sont comme les biographies qu'écrivent les historiens, souvent tronquées parce que toujours racontées par la fin.

L'idée du secret me fit cheminer vers la période de la Résistance où, dans l'ombre du combat, toutes les personnalités se confondaient. Combien d'histoires d'amour s'étaient-elles nouées dans les maquis pour s'évaporer à la Libération, quand chacun repartait chez soi. Je tenais de Jehan que Germain avait été proche de certains dirigeants régionaux de l'Armée secrète et l'anecdote de l'un d'eux qui avait eu la folie, le courage et la noblesse de revenir chez lui avec sa maîtresse belge, sa compagne d'armes dans le Vercors, et de l'imposer à sa femme et à toute sa famille. Germain aurait-il pu rencontrer Louise Carter dans de telles circonstances ?

Une Louise agent de renseignements ou, pourquoi pas, combattante du maquis, cela pouvait coller avec le personnage. Mais la période avait été tellement documentée, son engagement aurait été connu et révélé à la Libération. Armand Voisin serait parvenu à l'identifier facilement. La piste de Germain et du maquis n'était donc pas la bonne. Qui d'autre aurait pu rencontrer Louise Carter ? Mon père ? Pouvait-il être le maillon de cette relation cachée avec Louise ? Envoyé à dix-huit ans au STO, puis recherché et condamné par la Gestapo pour actes de terrorisme, après avoir participé à l'explosion et à la destruction d'une ligne de production d'ailes d'avions Siebel au camp de Halle, près de Mötzlich, sa jeunesse s'était écoulée entre le STO, les camps de travail, des épisodes de cavale, de nouvelles arrestations, puis Vienne où il s'était caché sous une fausse identité, à l'hôtel Bristol. Aurait-il pu rencontrer Louise à cette époque ?

En repensant à la vie de mon père, je me rappelai un dossier que m'avait remis Georgia, l'épouse de son meilleur ami, son frère de captivité et d'évasion, juste après sa mort. Je l'avais rangé dans mon bureau avec une pile de papiers de famille que je projetais de trier un jour. Le moment était venu de l'ouvrir.

Il y avait de nombreuses correspondances relatives à leur captivité et aux recherches désespérées de survivants par les familles. Après leur évasion de

Halle, ils avaient choisi d'être frères sur leurs faux papiers. Les frères Bernard et Jacques Collard avaient échappé à une mort certaine en se terrant une semaine sous le plancher d'un baraquement du stalag, avant de s'échapper. Le tribunal de Halle les avait condamnés à être déportés à Mauthausen. Une copie carbone adressée par mon père, en réponse, au ministère des Anciens Combattants et Victimes de guerre me glaça le sang. Elle apportait des précisions sur le sort de ses camarades, ceux qui n'avaient pas eu la chance, comme lui, de pouvoir s'évader de Halle avant leur arrestation. « Desclaux Georges, décédé en Suisse au retour de Mauthausen ; Letiche André, exécuté à Halle ; Yviquel Emmanuel, mort à Mauthausen ; Track Louis, exécuté à Mauthausen ; Perrin Bernard, décédé à Mauthausen ; Angrain François, décédé à Mauthausen ; Chavet Jean, décédé à Mauthausen... »

Dans le dossier que m'avait remis la veuve de ce frère d'armes, il y avait aussi un petit carnet, à la couverture jaunie par le temps. Je reconnus l'écriture fine et inclinée de mon père. C'étaient des poèmes, qu'il avait composés aux heures les plus misérables de sa captivité. En face d'un des poèmes, « Les pieds », une feuille pliée en quatre, une lettre expédiée de Varsovie le 13 mars 1947 par une certaine Luiza Markuszewier. Louise en polonais. Je tenais peut-être enfin une piste !

« Bernard,

J'ai trouvé aujourd'hui un petit cahier. Parmi de différentes choses qui y étaient écrites il y avait un poème intitulé "Les pieds" et, à côté, l'adresse de l'auteur. Ce cahier me rappela alors Vienne, le Bristol, la cuisine, le toit, et les chansons du soir verre à la main, les bougies allumées. Et puisque la radio envoie une station française, je me suis mise à écrire (en espérant que vous me pardonnerez les fautes) pour renouveler dans ma mémoire l'ambiance créée par votre chambre 10. Je voudrais bien la faire renaître en recevant une lettre du pays qui possède une partie de mon cœur. Je n'ai pas oublié que vous m'aviez pas envoyé même un mot de votre camp où vous avez été avant votre départ pour la France, malgré que Jadwiga, Thérèse et les autres ont écrit à Léa, mais je ne vous écris pas en flirt mais en amie camarade des temps durs de travaux forcés et toutes ces choses sont si loin de moi que je ne peux pas presque croire qu'elles ont existé en réalité. Bernard au Bristol qui ne voulait pas éplucher les pommes de terre mais qui allait volontiers à la cave pour porter la plus grande quantité de vins qu'on pouvait s'imaginer. Les infinies discussions politiques avec Charles, le petit Jean-Pierre avec son irrésistible pipe… Je voudrais bien savoir que ce qui se passe avec les habitants de la chambre 10, avec qui êtes-vous en contact ?

Que faites-vous Bernard, travaillez-vous ou continuez-vous vos études ? Peut-être êtes-vous déjà un père sérieux d'une nombreuse famille? Quant à moi je fréquente le conservatoire, je joue beaucoup mieux qu'au Bristol.

Est-ce possible pour vous de faire une excursion chez nous en Pologne? Je serai très contente de vous revoir. J'espère que vous me répondrez le plus vite possible, peut-être voudriez-vous m'envoyer votre photo seul ou avec les camarades du Bristol que je connaissais.

En attendant la réponse, je vous envoie mes meilleures amitiés et ce petit cahier de poèmes qui vous appartenait.

Luiza

Mon adresse: Luiza Markuszewier

Warszawa, Hoza 50 nr 41, Polska»

Jamais mon père ne m'avait parlé de cette Luiza Markuszewier, ni vraiment de cette période. Quand je le questionnais sur le STO, sa captivité, les évasions et sa période clandestine à Vienne, il s'arrangeait toujours pour répondre avec dérision et détachement. Avait-il donné suite à cette lettre? S'étaient-ils revus?

La chance voulut que le dossier comporte un mot d'accompagnement de Georgia, la veuve du frère de sang de mon père. Il y avait son numéro de téléphone.

Je l'appelai. Peut-être avait-elle entendu parler de Luiza par son mari.

Sa voix était toujours aussi enjouée. J'entendais avec bonheur que ni la vie parisienne ni les années n'étaient parvenues à bout de ses intonations italiennes. Georgia savait toute l'estime que je lui portais, mais elle parut embarrassée par ma question. Elle se borna à me répondre que ces histoires ne nous appartenaient pas et qu'elle ne se souvenait plus très bien de cette période. Puis il y eut un long silence pendant lequel elle sembla réfléchir. Et elle ajouta un peu tristement :

« Jacques et ton père avaient pris le parti d'enfermer certains de leurs souvenirs dans des boîtes. On n'y peut rien, c'était leur histoire et c'est comme ça. Je sais simplement que Luiza faisait partie d'une grosse boîte en carton avec, dessus, la mention "Halle/Mauthausen" et que Jacques ne pouvait plus l'ouvrir. D'après ce que je sais, tous ceux de la chambre 10 étaient des fugitifs, résistants, juifs, prisonniers politiques, communistes, que protégeait une Autrichienne, la directrice de la restauration de l'hôtel Bristol de Vienne, qui avait des relations au sein de l'état-major allemand. Bernard était affecté à la gestion de la cave, Jacques servait en salle, et la belle Luiza, le béguin de ton père, animait au piano les soirées du bar de l'hôtel. Qui pouvait se douter en l'écoutant jouer que ses longues mains portaient les stigmates de Treblinka, Buchenwald et Halle et que son émotion contenait toutes les fièvres et tous les cris du ghetto. Ils avaient tout juste vingt ans, ils avaient échappé à l'horreur des camps, et parce qu'il fallait vivre au point de s'abrutir, chambre 10, aucun des résidents n'entendit le bombardement allié du 23 mars 1945 qui précéda l'offensive de l'Armée rouge. Voilà, tu sais tout. C'est ce que Jacques m'a raconté, il y a des années, lors d'un voyage à Vienne, en passant devant l'hôtel Bristol. »

En écoutant Georgia je compris que je m'égarais. Par quel miracle une adolescente captive du ghetto de Varsovie, survivante de Treblinka, déportée à Buchenwald et Halle aurait-elle pu devenir professeur à Berkeley.

Je cherchais à l'imaginer et j'aurais tant aimé que ce soit elle, Luiza, cette pianiste qui, au milieu des ruines, trouva la force de faire face à l'inexplicable et le courage d'aimer « Bernard Collard ».

VII

J'avais très peu dormi et imaginé toute la nuit Louise Carter en pianiste polonaise. J'étais impatient de découvrir sa maison. Le rendez-vous avec Malika Hachfi était fixé à 8 heures, je partis un peu avant 7 heures. Google Maps donnait une distance de neuf kilomètres depuis Eiberlacho et trente minutes à vélo. J'enfourchai ma bicyclette. J'y allai avec d'autant plus de plaisir que la matinée promettait d'être belle. La route était sinueuse et ombragée, elle serpentait en pente raide vers le sud, il n'y avait qu'à se laisser porter, l'air du matin rafraîchissait ma peau. Après le passage d'un pont, elle remontait abrupte le long des coteaux pendant cinq kilomètres avant d'atteindre une jolie route de crête. Je m'arrêtais quelques instants pour reprendre mon souffle. La vue s'étirait sur toute la ville, et bien au-delà.

La maison de Louise Carter dominait le quartier résidentiel, à peine visible depuis la route. Elle était bordée de grands cèdres et de châtaigniers qui filtraient la lumière crue du matin. Un véhicule approchait dans le contre-jour. C'était l'envoyée de la brigade financière. Elle parut un instant déroutée par mon accoutrement puis, d'un air tout à fait avisé, déclara : « Belle machine, on voit peu de Cervélo par ici ! »

Elle n'avait d'yeux que pour ma bicyclette, à croire que j'étais translucide. D'ailleurs, ce n'était pas plus mal, je n'étais pas au top en cuissard à bretelles, moulé dans un maillot POC un peu trop étroit ! Elle finit par délaisser l'objet de tous ses désirs et s'excusa pour son léger retard. J'étais redevenu visible !

« J'espère ne pas vous avoir fait attendre trop longtemps ? Nous les filles, on ne sait pas être ponctuelles, même dans la police ! Bon, je ne vous dirais pas que c'est à cause des embouteillages... Ah ! Voici les clefs ! »

Elle me précéda dans la grande allée bordée de chênes et de charmilles. Elle paraissait encore plus athlétique que la veille. Était-ce l'effet de son débardeur blanc à jeu de bretelles croisées dans le dos, qui dévoilait sa peau mate et révélait ses épaules musclées, ou simplement son jean à taille haute qui l'élançait ?

La maison aussi avait belle allure. Quatre doubles portes-fenêtres donnaient sur le jardin et une vigne généreuse courait sur la façade de grès rose. À l'angle du pignon sud, une grande terrasse s'ouvrait sur l'horizon. Malika était subjuguée.

« Rien ne peut vous atteindre dans un si bel endroit ! C'est fou comme certaines personnes ont le don de vivre dans des lieux si harmonieux. Pensez-vous que cela influence ce qu'ils sont et ce qu'ils font ?

— Il m'arrive parfois de me demander si ce ne sont pas plutôt les lieux qui attirent à eux ceux qui leur ressemblent.

— Ce seraient donc les lieux qui nous posséderaient... mais par quelle force d'attraction ?

— Peut-être par la force contenue de tout ce qui nous a précédés. La matière est pleine de vibrations, d'énergies susceptibles de nous appeler. C'est une question de fréquences. »

L'intérieur de la maison avait été entièrement rénové, et toutes les pièces offraient des vues spectaculaires sur le jardin. Le grand salon aux poutres apparentes était dallé en pierres de Bourgogne. Au fond de la pièce, un escalier tournant en bois conduisait aux chambres sous les combles. À droite de la cheminée deux marches menaient à un grand bureau qui communiquait avec la terrasse. Des bibliothèques habillaient les murs, et les boiseries de chêne clair dissimulaient une porte encastrée qui masquait l'accès à la chambre où s'était éteinte Louise Carter.

« C'est surprenant de voir une si belle restauration, s'étonna Malika. Louise Carter avait signé le bail avec l'agence plus d'un an avant de s'y installer et elle avait confié la rénovation à un architecte, tout cela bien sûr à ses frais.

— C'est intéressant pour le propriétaire ! Savez-vous qui est l'heureux élu ?

— Non, ce point ne figure pas dans le rapport d'enquête. Ça mérite que je me renseigne auprès de l'agence, je vous ferai un retour là-dessus. »

Le mobilier avait été mis en dépôt dans un garde-meuble, il ne restait rien d'apparent de la vie de Louise Carter, pas un tableau ni une photo, tout avait été retiré et nettoyé à la demande de l'agence. Pourtant, même vidée de sa substance, la maison était agréable, presque habitée, une douce atmosphère avec quelques cartons.

Malika devait aller à la préfecture pour le déjeuner avec les élus, le recteur et Armand Voisin. Elle me proposa de garder les clefs si je voulais rester plus longtemps et me suggéra de les laisser dans la boîte aux lettres en partant.

Une fois seul, je pris le temps d'examiner chacune des pièces à la recherche du moindre indice. Je scrutai les bibliothèques vides et des murs muets. La visite du jardin ne révéla rien non plus. Lassé par tant d'absence j'empruntai un chemin recouvert de pierres proches de leur état primaire qui menait à un petit pré, en contrebas de la terrasse. Un grand chien jaune, de race indéfinissable, s'abreuvait à une fontaine recouverte de lierre. À mon approche, il détala dans les fourrés.

La fontaine avait une forme carrée et le bassin était surmonté d'une croix sculptée. La patine et l'usure des pierres suggéraient qu'elle était très antérieure à la maison et qu'elle servait également de lavoir. L'eau était une invitation. J'y plongeai les bras et laissai la fraîcheur de la source m'envahir en regardant la maison de Louise Carter, solidement ancrée sur le talus. C'était probablement la dépendance d'une ancienne propriété qui occupait autrefois toute la colline. Comme des signes de l'Ordre, un immense tilleul, à l'est, avait résisté à l'urbanisation, et des alignements de vieux châtaigniers bordaient la limite nord du jardin. Les soubassements de la partie sud de la maison étaient plus élevés que ceux de la façade nord, qui épousaient la forme du terrain. Manifestement, je n'avais pas tout vu, car cette maison abritait des pièces occultes dans son sous-sol.

On prêtait aux fontaines d'ici toutes sortes de vertus. Elles étaient guérissantes, divinatoires, oraculaires, saintes ou profanes, toutes avaient des pouvoirs. Celle-ci était toujours féconde. Elle venait de me rafraîchir l'esprit et de m'éclairer ! Je retournai à l'intérieur de la maison plein d'espoir et passai en revue toutes les pièces de la façade sud à la recherche d'un accès au sous-sol. Je ne trouvais rien. Mon téléphone sonna. C'était Malika, elle venait de passer à l'agence, elle n'avait pas pu obtenir les renseignements sur le propriétaire de la maison.

«L'agence a été mandatée par une SCI dont les membres sont apparemment des sociétés anonymes par actions. Les loyers étaient versés à la banque sur un compte ouvert au nom de la SCI par des sociétés anonymes étrangères.

— Voilà des gens visiblement bien organisés fiscalement! Avez-vous obtenu le nom de la SCI?

— La SCI Les Tilleuls, avec ça nous voilà bien avancés!

— Les Tilleuls, dites-vous?

— Oui, ce nom vous dit quelque chose?

— Non, non... Je n'avais pas bien entendu, c'est tout.»

Tout ça me disait que Louise était probablement derrière cette SCI, sinon comment expliquer qu'elle ait fait cadeau d'une restauration si dispendieuse et de dix ans de loyers à un propriétaire inconnu, alors qu'elle avait les moyens d'acquérir toutes les plus belles demeures de la région?

Je continuai inlassablement l'inspection du rez-de-chaussée. En ouvrant la porte d'un vestiaire du dressing contigu à la chambre de Louise Carter, je remarquai des inscriptions sur le parquet: il était gravé d'une croix encadrée de deux rosaces, exactement comme sur le manteau de la cheminée d'Eiberlacho. J'étais stupéfait. Cette maison portait les signes de l'Ordre.

Étrangement, trois rainures dans le parquet épousaient la forme intérieure du vestiaire, sur trois côtés. Le quatrième était bordé d'une plinthe qui présentait un peu de jeu. Je la manipulai de bas en haut, elle se mit à bouger puis sortit de sa gorge. Elle servait de verrou à une trappe camouflée dans le plancher. La trappe s'ouvrit mécaniquement sur un escalier de bois. Je m'aventurai dans le sous-sol.

Instinctivement, je m'attendais à aspirer des odeurs de moisissure et à ressentir une certaine fraîcheur. L'air était étonnamment sec. J'actionnai l'interrupteur électrique le long du mur, qui déclencha un système de ventilation. La pièce se révéla. Au centre, un globe terrestre, suspendu au-dessus d'une table octogonale. Le sol était dallé en pisé, les murs disparaissaient derrière des alignements de livres aux reliures anciennes : géographie, médecine, architecture civile et militaire, récits de voyages et d'expéditions outre-mer, certains contenaient des illustrations in-quarto de ports de Méditerranée et du Moyen-Orient. Il y avait des traductions de Pythagore, Sénèque, Platon, Épicure et même Confucius. Tout était soigneusement rangé et organisé par thèmes : astronomie, physique, agronomie, psychopharmacologie, théologie, alchimie, etc. Une boussole chinoise, dont la cuiller en magnétite indiquait le sud, et des pendules énergétiques étaient entreposés sur un bureau parmi de vieux manuscrits qui traitaient de la culture du pavot et de l'opium en Mésopotamie, quatre mille ans avant notre ère. Il n'y avait ni livre récent ni dossier comportant des notes de Louise Carter. Tout ce que contenait cette pièce était visiblement lié aux savoirs d'un monde révolu depuis plus de mille ans, celui des abbayes et des ordres religieux dont l'influence s'étendait au-delà des mers, au-delà de la spiritualité à l'ensemble des terres connues de l'intelligence humaine. Comment et pourquoi de tels trésors se trouvaient-ils ici ? Je pensais à ce que m'avait dit Jehan sur l'Ordre quand j'entendis une portière de voiture claquer.

J'éteignis la lumière et je m'empressai de sortir, en prenant soin de bien verrouiller la trappe avec la plinthe mobile. J'aperçus la silhouette d'une femme devant le portail. Elle était accompagnée d'un boxer. C'était l'aide-ménagère.

« Voilà pourquoi je ne trouvais pas les clefs. Je ne vous chasse pas au moins ? Mlle Hachfi m'avait dit que vous ne deviez pas rester longtemps. Je peux repasser plus tard si vous voulez rester davantage.

— C'est très aimable, mais j'allais partir.

— Êtes-vous un collègue de Mlle Hachfi ?

— Non, une relation de Louise Carter.

— Oh ! Pardonnez-moi, je vous prenais pour quelqu'un de la police. C'est qu'il en est tellement venu ! Ils n'ont pas cessé de circuler et de fouiller tous les cartons que les déménageurs avaient faits.

— Que cherchaient-ils ?

— C'est à n'y rien comprendre. Un certain M. Voisin du ministère m'a interrogée, sur ses habitudes, les voyages qu'elle faisait, les gens qu'elle rencontrait, la famille qui passait la voir, qui lui téléphonait. Il m'a même questionnée sur sa santé, si elle prenait des médicaments, ses habitudes alimentaires, c'est tout de même curieux! Je n'imaginais pas que Mme Carter pouvait avoir autant d'importance. Croyez-vous qu'elle soit impliquée dans quelque chose de grave?

— Rassurez-vous, certainement pas.

— C'est bien mon avis. Je ne vois pas ce qu'on pourrait lui reprocher. Cette femme était du bon pain! Au début je pensais que la police cherchait à savoir si quelqu'un l'avait assassinée. Mlle Hachfi m'a dit de ne pas m'en faire. Ils recherchent quelque chose, mais je ne sais pas quoi.

— Des policiers sont-ils revenus récemment?

— Leur dernière visite remonte à deux jours, quand les déménageurs ont fini de faire les derniers cartons. Ils ont même fouillé dans mes sacs poubelles après le ménage de la maison, vous rendez-vous compte! Le monsieur du ministère est revenu seul à deux reprises, la maison était déjà vide. Je ne sais pas ce qu'il cherchait. Il traînait dans le jardin, autour de la fontaine.

— Doivent-ils repasser?

— Je crois que les policiers ont fini leur travail. Je ne vois pas ce qu'ils pourraient faire de plus. M. Voisin, je ne sais pas... Entre nous, je le trouve bizarre. Je n'ai rien osé lui demander.

— Vous connaissez la maison depuis longtemps?

— Depuis que je travaille pour Madame. »

Des larmes lui montaient aux yeux. Elle baissa la tête et caressa son chien, en murmurant son nom, Bam. Il s'assit et se colla contre ses jambes en la regardant. « Je n'arrive pas à m'y faire, elle était si généreuse avec nous. Ma fille Madeline a eu la chance de croiser sa route lorsqu'elle vivait au Canada. Elle était sans emploi, désœuvrée, avec de mauvaises relations. Je ne sais pas ce qui s'est passé là-bas, mais, grâce à Madame, ma fille a retrouvé son équilibre et repris ses études. Il ne se passait pas une semaine sans que Madame lui téléphone pour la soutenir. Il lui est même arrivé de rentrer d'Inde simplement pour l'aider avant ses examens. Ma fille est aujourd'hui créatrice pour des grandes maisons de couture parisiennes ! Cette enfant était perdue, dépressive avec des troubles du comportement. Cette rencontre l'a sauvée, un vrai miracle ! Je vous le dis, une personne comme Madame, je ne pensais pas que cela pouvait exister. Jamais plus je ne rencontrerai quelqu'un comme elle. Madeline a été dévastée en apprenant sa mort. J'espère que tout ça ne va pas la faire rechuter. Mais je vous ennuie avec mes histoires, dit-elle en s'essuyant les yeux.

— Vous n'êtes pas près d'imaginer comme ça me fait plaisir de pouvoir parler de Louise Carter. Si j'ai besoin de vous contacter, comment puis-je faire ?

— Vous pouvez toujours m'appeler à la maison à Ussac, sauf ce week-end, car je travaille pour un mariage en Dordogne. »

Cette histoire m'envahissait au point de m'habiter. Que cherchait vraiment la police? Et Armand Voisin? Pourquoi cet interrogatoire et surtout revenir seul, à deux reprises? D'évidence, ils n'avaient pas découvert le sous-sol et son incroyable contenu, même l'aide-ménagère n'en avait pas connaissance. L'Ordre avait sans doute réussi à conserver au fil du temps des archives inestimables, réparties dans des demeures affiliées et confiées à la protection des membres. Louise Carter était probablement l'une d'entre eux.

J'échafaudais toutes sortes de scénarios. La donation de Louise Carter pouvait-elle provenir de l'Ordre? Un moyen d'influencer et de transformer encore une fois ce petit territoire grâce aux sciences qui vont révolutionner la médecine de demain? Pourquoi Louise Carter m'avait-elle choisi pour exécuteur testamentaire? L'Ordre devait le savoir, Jehan aussi. Serait-il, après le décès de Louise, le dernier représentant de l'Ordre? En somme, ses visites fortuites visaient à m'informer de ce qui subsistait de l'Ordre et à me préparer à cette étrange donation. Il aurait pu être plus disert, mais l'aurais-je pris au sérieux? Aucun de ses propos n'était anodin, tout était minutieusement réfléchi. Les informations sur la famille, la découverte du livre de raison, son interprétation des symboles de l'Ordre, l'histoire insoupçonnée de la maison... Tout m'avait rapproché des archives que conservait Louise Carter. Pourquoi tant de mystère?

VIII

Les vibrations de mon téléphone me ranimèrent suffisamment pour que je comprenne m'être assoupi sur un transat, à l'ombre des figuiers.

« Salut ! pourrais-je parler à Tristan ? »

C'était Madeline, la fille de l'aide-ménagère. Sa voix était rauque, assez nonchalante, avec des sonorités sourdes, très éloignées des intonations occitanes. « Ma mère m'a fait part de votre rencontre, croyez-vous que l'on puisse se voir ?

— Oui, bien sûr ! dis-je très surpris par cet appel tellement inattendu. Projetez-vous de venir par ici prochainement ?

— On est vraiment très chargés avec la préparation de la Fashion Week, mais on pourrait se rencontrer à Paris si c'est possible pour vous. Disons en début de semaine prochaine, lundi ou mardi vers 21 heures après mon travail.

— Je n'avais pas prévu d'aller à Paris, mais je serais ravi de vous rencontrer et d'évoquer Louise. Je peux y être mardi. Dans quel quartier êtes-vous ?

— Rue Saint-Honoré dans le Ier.

— Parfait, alors je vous appellerai mardi en fin d'après-midi pour vous confirmer le lieu.

— *Okay*, c'est *chill* ! Alors à mardi ! »

J'allais probablement en savoir plus sur Louise Carter ! Je cherchai à « googleliser » cette voix étrange, en vain. De nos jours, être jeune et absent des réseaux sociaux procède soit du suicide social soit de la ruse. J'imaginais qu'elle utilisait un autre nom sur la Toile. J'attendrai donc d'être à Paris pour mettre un visage sur cette voix aux sonorités québécoises.

Il me fallait prévenir les filles. J'y allais à tâtons. Je m'apprêtais à leur proposer de m'accompagner si elles trouvaient, ici, le temps trop long quand Charlotte demanda : « Qui va s'occuper de nous ? Sandra ? » Je n'eus pas le temps de répondre qu'elles sautaient déjà de joie. « Sandra est trop gentille, papa, tu peux partir une semaine tranquille, on se couchera tôt, on ne se baignera pas la nuit, c'est promis. »

Jamais je n'avais été aussi proche d'en savoir plus sur Louise Carter que ce mardi matin. Chaque minute des cinq heures de train qui séparaient Eiberlacho de Paris avait contribué à aiguiser ma curiosité.

Je m'efforçais de patienter, ce qui était loin d'être la meilleure de mes qualités, à la terrasse d'un bistrot de la rue Rouget-de-Lisle où nous avions rendez-vous. Elle était en retard. J'en profitai pour envoyer un texto à Malika et lui dire que je serais heureux de profiter de ce déplacement pour la rencontrer.

Vers 21 h 30, une jeune femme au teint pâle approcha. Elle semblait sortie d'un casting de *Twilight* avec une chevelure rouge et des yeux bleus relevés de fard violet.

« Excusez-moi, vous êtes Tristan ?

— Quand on est aussi jolie que vous, on n'a pas besoin de s'excuser ! »

Elle ignora mon compliment pataud, elle n'avait pas l'allure à la fois désinvolte et sophistiquée des Parisiennes. Elle n'adhérait pas non plus aux codes vestimentaires du faubourg Saint-Honoré et portait pour seul bijou une chaîne en or autour du cou.

« Je vous ai trouvé *woot woot* ! dit-elle l'air heureux d'exister, en souriant comme un émoji.

— Était-ce si compliqué ?

— Disons que ça n'a pas été une mince affaire. Pas ce rendez-vous, bien sûr, mais je vous expliquerai... Je vous abandonne deux minutes, vous permettez ? »

Je l'observai s'en aller vers le prétexte le plus plausible, haut perchée sur des escarpins à talons, un sac à damier noir et blanc en bandoulière. Elle portait un jean délavé, rehaussé par une large ceinture à brillants et un chemisier noir sans manches en voile transparent au-dessus de la poitrine. Sa silhouette évoluait avec un léger balancé de bras et ses déhanchements animaient sa queue-de-cheval au rythme de ses pas bien alignés. « Rebonjour ! s'exclama-t-elle avec un grand sourire à la Chaplin, relevé par du brillant sur les lèvres.

— Je vous ai commandé un verre de bourgogne, cela vous va ? »

Elle approuva, les yeux ronds comme des billes et un sourire gourmand. On trinqua à notre rencontre. Son téléphone vibra. C'était un message qu'elle lut en s'excusant avant de le remettre dans son sac. « Voulez-vous dîner ?

— J'ai une faim de loup !

— Il y a des tapas à base de charcuteries italiennes, si vous aimez.

— Je suis végétarienne, mais il n'y a pas de problème, je vois qu'il y a plein de fromages délicieux.

— On peut changer d'endroit...

— Non, c'est super-bien ici, on aperçoit les Tuileries, le vin est servi et je pourrais mourir pour du fromage.

— Vous connaissez bien le quartier ?

— C'est mon village. J'habite à deux pas, à côté du Marché-Saint-Honoré. Je travaille en free-lance pour des maisons de couture qui sont toutes dans le quartier. C'est une véritable jungle urbaine, une réduction de tout ce qu'on peut trouver de mieux à Paris. Le Louvre incontournable, le jardin des Tuileries, le Palais-Royal, la rue du Faubourg-Saint-Honoré avec ses *fashion victims*, les cafés, les librairies anciennes, la Comédie-Française et l'avenue de Rivoli avec ses hôtels de luxe. Le soir, les touristes et les employés partis, le quartier est à nous ! J'y suis depuis deux ans. Avant, j'habitais à Montréal sur le plateau, c'était fun et plein de Français. Ici c'est surtout très dépaysant et plus sophistiqué. On est ailleurs, avec je ne sais quoi d'italien dans l'air.

— Vous êtes restée longtemps à Montréal ?

— Suffisamment pour avoir obtenu la citoyenneté, la passion du hockey et l'horreur des hivers trop longs.

— Et attrapé l'accent et les expressions d'après ce que j'entends !

— *Nobody's perfect* ! Dans mon job tout le monde parle anglais, ce qui n'arrange pas mon franglais.

— Vous sentez-vous étrangère ici ?

— Pas plus qu'en Amérique du Nord. L'expérience du Canada m'a beaucoup apporté et le déracinement a finalement été ma plus grande chance, car seule et sans ressources j'ai vite compris que ma vie ne dépendait que de moi seule. J'ai appris à m'ajuster en permanence aux gens, comme aux circonstances. Ici, c'est un peu plus compliqué qu'ailleurs, les Parisiens sont un peu hautains et conservateurs, on vous met vite dans des cases, mais je ne me plains pas. Le milieu de la mode est très effervescent surtout avec l'accélération permanente des nouvelles collections. Je voyage régulièrement à Londres, Milan et

Barcelone, ma ville préférée avec Paris. Les gens sont aussi un peu râleurs, s'indignent pour pas grand-chose et revendiquent au lieu de s'ajuster, mais je suis tellement chanceuse de vivre et de travailler ici! J'ai un toit sur la tête, je mange à ma faim, j'ai l'eau courante, la santé est gratuite, tout est à portée de main et les transports en commun sont fantastiques. C'est formidable, non? La moitié de l'humanité ne peut pas en dire autant! Vivre ici, c'est se réinventer, tout réapprendre, s'intégrer, c'est aussi l'obligation de réussir, car il n'y a pas de retour en arrière possible. À Paris, tout le monde parle d'immigration sans en avoir fait l'expérience. Ça génère des peurs au lieu de susciter de l'enthousiasme et de l'intérêt. On devrait être curieux de l'histoire de ceux qui viennent de loin, ils ont tant à nous dire et à nous apprendre.

— Est-ce si différent au Canada?

— À fond, car les immigrants ne sont pas perçus comme des immigrés mais comme de futurs citoyens. Du coup, on les bichonne, on les soigne, on les envoie à l'université. Et comme dans toute méritocratie, ils bossent fort, ils deviennent les piliers de Google, d'IBM et d'Amazon et les futurs champions de l'intelligence artificielle! Et vous, que faites-vous de beau dans l'univers?

— Je suis aujourd'hui à la recherche de Louise Carter et de celles et ceux qui pourront me parler d'elle! Cette inconnue m'a désigné comme exécuteur testamentaire... alors je cherche à savoir pourquoi. Je suis installé depuis quinze ans à côté de Los Angeles, à Palos Verdes, à mi-chemin entre l'Europe et l'Asie. Je profite de l'optimisme de ce monde aussi fascinant qu'artificiel. C'est devenu mon pays et c'est définitivement celui de mes deux filles.

— Des filles, félicitations !

— Merci ! Elles ont treize et quatorze ans et elles sont fans de ce quartier et surtout d'Angelina, pas pour le chocolat ni les pâtisseries, mais pour les raviolis aux truffes !

— Mmm... je vois que vous les avez bien initiées. Et qu'est-ce qui vous amène si souvent en Europe, votre travail ?

— Oui, mais pas uniquement. Je suis éditeur de logiciels et entrepreneur. Après mes filles, ma passion est Explormind Inc., une structure d'analyse prédictive qui travaille sur l'anticipation des changements sociétaux pour tenter de prévoir les nouvelles tendances.

— Vous lisez donc dans l'avenir ! Quel est votre secret ?

— La préadolescence. C'est notre terrain d'investigation favori. Les neuf-treize ans sont une source intarissable d'idées créatrices. À travers eux, avec l'appui du web et des programmes d'intelligence artificielle, nous cherchons à entrevoir les tendances sociétales, commerciales et parfois même spirituelles du monde de demain.

— Alors, vous auriez pu prédire le succès de WhatsApp ou la fermeture de Colette à deux rues d'ici ?

— J'aurais vraiment aimé ça, mais j'avoue que les sujets nous ont échappé. »

Son portable sonna. Elle prit l'appel puis s'excusa.

« Pardonnez-moi, dit-elle, c'était Darla, enfin Audrey, ma petite femme. Elle m'informait qu'elle travaillait ce soir. »

J'ai dû avoir l'air un peu étonné.

« Je l'appelle comme ça parce que je l'aime jusqu'à l'os. En fait, c'est ma coloc. Pour financer ses études, elle travaille dans un club de nuit à côté de la Madeleine. Darla, c'est son nom de scène. Elle est vraiment *cute*, j'adore la voir danser. Vous voyez, en bonne Québécoise, je ne peux pas me passer des clubs de danseuses. » Elle se leva. « Excusez-moi, je dois aller à la salle de bains, pardon, aux toilettes. »

Cette fille était rigolote, elle parlait de tout avec animation, sauf de Louise Carter.

À son retour elle me fit encore la politesse d'un « Rebonjour ! ».

« Il fait lourd ce soir, vous ne trouvez pas ? Je reprendrais bien un autre verre si vous m'accompagnez ! »

J'avais cessé de l'accompagner au quatrième, ce qui ne ralentissait pas sa consommation. Son regard devenait légèrement oblique. Elle transpirait un peu et souriait nerveusement. Plus loquace que jamais, elle virevolta des voyages à Ibiza au festival de musique électronique de Playa del Carmen, en passant par la poésie de Leonard Cohen, les films de Walt Disney, la série « Vice », les Piknic Électronik de Montréal. Tout y passa jusqu'aux costumes qu'elle venait de réaliser pour le Fetish Weekend de Montréal. La bouche asséchée par ce flot de paroles, elle commanda un nouveau verre pour s'hydrater. Elle chercha une cigarette dans son sac, avec une certaine excitation. Ses mains tremblaient.

« Vous fumez ? demanda-t-elle.

— Plus, depuis longtemps.

— La fumée ne vous dérange pas au moins ?

— Au contraire, j'aime bien. »

Elle alluma une menthol et se laissa envahir par la chaleur d'une longue bouffée. Ses yeux se perdirent dans cet instant de plaisir qui l'apaisa. Elle libéra sa queue-de-cheval, secoua la tête et souleva avec ses doigts sa chevelure rougeoyante pour lui donner du volume, ce qui suffit à la transformer. Je n'étais plus avec la même personne. Son visage moins étiré se sensualisa, et elle le sut en m'observant. Une mèche tomba sur sa joue comme un frisson. J'allais enfin évoquer Louise Carter quand son portable sonna de nouveau. Elle prit l'appel en rabattant cette mèche rebelle derrière son oreille, puis me dit soudainement qu'elle devait partir. Elle posa sa petite main sur le dos de la mienne, me remercia et s'en alla, comme ça.

J'avais fait cinq cents kilomètres avec l'espoir d'évoquer Louise Carter. Cette fille venait de m'assommer de paroles, ne parlant que d'elle, sans évoquer un instant Louise, et quand le moment était enfin propice, elle s'éclipsait dans la nuit.

IX

J'arpentais cette place à l'allure de manège. Au bout de la rue de Castiglione la nuit enveloppait les Tuileries et les dernières limousines avaient déserté les abords du Ritz. Sous le feu des joailliers, la colonne Vendôme glorifiait l'ascension du luxe *made in France* comme une vis sans fin aux reflets émeraude. Au sommet, l'empereur césarisé tenait dans sa main un monde que la capitale des plaisirs ne se lassait pas de divertir. Rue du Faubourg, deux couples attirés par le frisson de la vie en rose cherchaient l'hôtel Costes. Je les renseignai dans leur langue et ils me prirent pour quelqu'un du quartier. Pourtant cette ville n'était plus la mienne. Rue de Rivoli, les arcades s'étiraient comme des I à l'infini. Je les hantai à la lueur crue des LED qui avaient eu le mauvais goût de les déposséder de leur éclairage d'or.

Seul, le long de cette voie triomphale, mes pas résonnèrent, de la vénérable librairie Galignani jusqu'aux céramiques de l'Impérial. Il était tard. Je quittai la nouvelle Rome pour rentrer à l'hôtel. Rue du Vingt-Neuf-Juillet tout était calme. L'âme de Colette envahissait le quartier et, sans révolution d'été, Karl Lagerfeld lui avait succédé. Je poussai la porte du numéro 6, l'ancien hôtel de Noailles où La Fayette épousa Marie Adrienne Françoise de Noailles et qui ce soir abriterait mon sommeil. J'étais presque en terrain familier, la maison des Noailles n'était située qu'à quelques kilomètres d'Eiberlacho, à côté de Nazareth.

Dans l'obscurité de ma chambre, j'ouvris grand les rideaux de soie. Paris résistait à la nuit et le sommeil commençait à m'étreindre. Mon téléphone vibra. «*Hey Mister bachelor*! Je pense qu'à pareille heure à Paris tu t'apprêtes pour sortir!» C'était Liza Li, notre associée d'Explormind à Boston. Liza adorait plaisanter. D'origine taïwanaise elle prenait les Français pour d'insatiables buveurs de vin et de grands libertins amateurs de pied de porc, de bœuf marengo et de camembert! Sa vision de Paris se limitait à *Midnight in Paris* de Woody Allen. Après tout, ce n'était pas si déshonorant.

«Oui, j'étais sur le point d'aller aux Folies-Bergère!

— Je savais bien que tu commençais à peine ta soirée! Bon, j'arrête de te taquiner. Je pense avoir des nouvelles intéressantes. Tu m'avais demandé si parmi nos clients nous avions une dénommée Louise Carter... eh bien, *it is a yes!*»

Tout excité, je m'assis sur le bord du lit.

«Dis-moi tout, Liza.

— Est-ce qu'une Louise Carter domiciliée à Montréal peut avoir du sens?

— Et comment! Sur quoi portaient les missions?

— Aucun mandat de sa part. Juste une fan. Elle est abonnée à notre lettre mensuelle depuis plus de dix ans. Elle a commandé certains rapports en ligne: des analyses sur les processus de transition et d'acceptation du changement entre les générations, sur la dépénalisation des drogues douces et sur l'accroissement des maladies mentales chez les jeunes.

— As-tu une adresse?

— Oui, une adresse Hotmail. Mais attends un peu... je vois que nous avons aussi une autre Louise Carter domiciliée en France. Peut-il s'agir de la même personne? Curieusement, c'est nous qui l'avions consultée pour tenter de comprendre l'efficacité des travaux de réinsertion qu'elle avait entrepris auprès de populations illettrées et très marginales en Inde dans les provinces du Gujarat et du Tamil Nadu.

— Qu'entends-tu par *très* marginales?

— La lie, des intouchables, des travestis, des prostituées, souvent droguées et parfois contaminées par le sida. Je lis sur le mémo qu'elle nous avait mis en relation avec Komal Vassumathi, son assistante chef de projet. Nous avons eu quelques échanges avec cette personne et Louise Carter est toujours en copie sur son adresse Hotmail. »

Je tenais enfin un fil, Komal Vassumathi. Je remerciai Liza, puis, après avoir raccroché, j'adressai un mail à l'assistante de Louise Carter :

« Dear Komal,

We don't get the chance to meet. I am Tristan Cluzan founder of Explormind Inc. I am sorry to inform you that Louise Carter recently passed away. I would like to chat with you about Louise. Is there any phone number I can reach you at your best convenience?

Kind regards »

Le lendemain, j'avais un retour de Komal :

« Dear Sir,

I am so sad to hear Louise passed away. With no doubt she is now with her Lord. Louise was an inspiration to all of us. Her soul continues to shine and remains among us.

Please contact me, any time from 7 pm to 11 pm at +91 44 253 67549 Chennai time (we are 13 h 30 ahead US western time)

With my warmest regards. »

Il était 21 h 30 à Chennai, je décidai de l'appeler. Après trois sonneries Komal décrocha. Elle dit dans un anglais parfait qu'elle attendait mon appel, puis me proposa de converser en français, qu'elle maniait avec tout autant de perfection. Elle était à la fois très réservée et tout à l'écoute. Je l'informai des circonstances du décès de Louise, de la donation pour son projet universitaire et de ma désignation comme exécuteur testamentaire. Rien ne sembla vraiment la surprendre. Elle ajouta simplement: «Voilà bien Louise! Je n'avais plus de nouvelles depuis environ trois semaines, ce qui était très inhabituel de sa part.»

Au cours de la conversation j'appris qu'elle avait été l'assistante directe de Louise pendant les dix ans qu'elle avait passés en Inde et qu'elles étaient restées en contact très étroit. J'appris aussi que Louise, profitant d'un déplacement à Singapour en mai dernier, était venue lui rendre visite à la fondation qu'elle dirigeait désormais à Chennai. Je nourrissais l'idée qu'à travers Komal je parviendrais à découvrir le mystère de Louise Carter et les raisons qui l'avaient amenée à me désigner comme exécuteur testamentaire. Je l'informai que je projetais de me rendre prochainement à Singapour et que je souhaitais me déplacer à Chennai pour la rencontrer. Je proposai de lui envoyer mes dates de déplacement par e-mail. Elle répondit que je serais toujours le bienvenu et qu'elle se ferait un plaisir de m'accueillir. Je n'y voyais pas vraiment plus clair, mais j'avais l'intuition que cette rencontre conduirait à lever un peu le voile sur l'affaire Louise Carter.

Il faisait très beau en ce début d'après-midi. Nous avions prévu, Malika et moi, de nous retrouver pour prendre un café à proximité de la place Beauvau où elle travaillait. Les vingt minutes à flâner depuis l'hôtel, dans ce Rodeo Drive version vieux continent, jusqu'à l'avenue de Marigny furent vingt minutes de plaisir. Elle m'attendait à la terrasse du café.

Je la saluai. Elle était toujours aussi tonique, son teint de sportive, le regard clair et déterminé. Je lui expliquai que je m'étais libéré pour un aller-retour à Singapour. Elle parut d'abord surprise par la rapidité de ma décision, puis consulta son agenda électronique et me demanda si un départ lundi prochain pouvait convenir avec une ou deux journées sur place. J'en déduisis qu'il était toujours à l'ordre du jour qu'elle m'accompagne. Sans lui dévoiler mes plans, je l'informai que j'avais besoin d'une journée supplémentaire pour mes affaires et que les rendez-vous avec les banques pourraient avoir lieu le dernier jour. Elle proposa aimablement d'organiser les réservations des chambres d'hôtel.

« Avez-vous des recommandations ou des préférences ? demanda-t-elle.

— Le Raffles, je suis sûr que vous apprécierez l'ambiance du Long Bar !

— J'adore Kipling et Maugham, mais je crains que ce palace ne soit un peu trop dispendieux pour mon administration. Et il paraît qu'on tire encore sur des tigres au Long Bar. C'est beaucoup trop dangereux ! Avez-vous d'autres options ?

— Replions-nous au Fullerton. Il occupe les murs de l'ancien General Post Office, un building colonial au bord de la rivière. C'est très bien et à deux pas de Raffles Place où se trouvent les banques.

— C'est beaucoup plus raisonnable ! dit-elle, le regard rivé sur le site web de l'hôtel qu'elle découvrait sur son téléphone. Je m'occupe de tout. J'ai gagné visiblement une journée de shopping sur place ! ajouta-t-elle avec délectation. Avez-vous approfondi l'énigme de Louise Carter ?

— Non, malheureusement rien de nouveau de mon côté, mais j'allais vous poser la même question. La meilleure façon d'en savoir plus est encore de nous rendre à Singapour, n'est-ce pas ?

— Nous n'avons pas d'autre choix. Le ministère, malgré son accord, reste très sceptique sur cette opération. Vous l'avez compris, Armand Voisin aurait préféré que vous refusiez cette mission. C'est votre décision, je suis enchantée de vous accompagner. Alors, vive l'aventure ? Je vous ferai parvenir vos billets à l'hôtel, comme convenu... Il faut que je parte, on m'attend. À très vite. »

Je me demandais à quel jeu se livrait Voisin. Lors de notre rencontre chez le notaire j'avais pris ses réticences pour une forme de prudence légitime à l'égard de l'origine des fonds qui, il est vrai, se devait d'être établie. Mais l'interrogatoire de l'aide-ménagère, ses visites, seul, au domicile de Louise Carter étaient étonnants. Et il avait dénigré le projet de centre de génomique. Pourquoi s'opposait-il au rêve de Louise Carter? Assurément ce personnage étrange n'allait pas nous simplifier la tâche.

Plusieurs jours s'écoulèrent à Paris. J'étais toujours sans nouvelles de Madeline, malgré les nombreux messages laissés sur son répondeur. Je réitérai, sa messagerie était pleine. On était dimanche soir, je m'étais mis en tête de trouver sa colocataire dans l'espoir de localiser Madeline. Je n'étais pas accoutumé au monde de la nuit parisien, mais Paris n'est pas Montréal et les clubs de danseuses ne devaient pas être légion du côté de la Madeleine. Je trouvai sur la Toile trois boîtes de nuit et deux *gentleman clubs* dans un rayon de trois cents mètres.

J'allai à pied au club qui me paraissait le plus probable, le Kingdom Gentleman's Club. Devant l'établissement deux videurs pleins de testostérone, les poignets épais et les crânes rasés contrôlaient les entrées. Le premier m'ouvrit la porte et me désigna un escalier dont les murs étaient drapés de tissu rouge et décorés de grandes glaces aux moulures dorées. En haut, sur le palier, une hôtesse immense m'attendait. Sa minijupe se confondait avec sa ceinture. Elle me demanda si j'avais une réservation. Je n'en avais pas. Elle m'accompagna au bar, me proposa un siège et m'offrit un magnifique sourire dont j'eus, un instant, la faiblesse ou la candeur d'imaginer qu'il était authentique.

Les serveuses en mini-shorts blancs circulaient entre les tables dans la pénombre de la salle. Sur la piste, deux beautés slaves exhibaient la perfection de leurs cambrures dénudées.

«*Hello handsome*! Tu es à Paris pour affaires? Qu'est-ce que je peux te servir à boire? demanda la barmaid, une grande beauté noire américaine aux cheveux lissés.

— Je prendrais bien quelque chose de fort, mais aussi de rafraîchissant... as-tu des spécialités?

— J'ai plein de spécialités. Es-tu amateur de cocktails? Je peux te faire un dry martini ou une Margarita tequila *on the rocks*, c'est très rafraîchissant, sauf si tu préfères quelque chose de plus consistant et *spicy* comme un Bloody Mary, une tequila ou vodka César.»

J'optai pour la tequila César qu'elle prépara avec un *extra-shot* de tequila qui, selon elle, relevait le jus de palourde, qu'elle assaisonna à la sauce Worcestershire.

«Es-tu canadien?

— Ai-je vraiment l'allure d'un joueur de hockey?

— Tu as un beau sourire et encore trop de dents pour ça. Mais il n'y a que les Canadiens pour commander un César! Un Européen aurait commandé un Bloody Mary. Tiens! Voilà de quoi prendre du plaisir, en attendant de goûter à mes autres spécialités!

— Dis-moi, on m'a parlé d'Audrey ou plutôt de Darla, sais-tu si elle est là ce soir?

— Mmm… je vois que tu as très bon goût, *darling*. Elle arrive généralement vers 10 heures, mais tu sais avec nos stars on peut s'attendre à tout. *Wait a minute*, dit-elle en me prenant par l'épaule, *look*, elle est là, c'est elle qui va danser maintenant. »

Madeline et la barmaid disaient vrai, Darla était vraiment belle. Elle portait une perruque mauve et un body très échancré à franges qui, avec ses bas haut perchés, lui donnaient des faux airs de Natalie Portman dans *Closer*. Elle se livrait, lascive, à un numéro de *pole*, sur *Glory Box*, un trip-hop sensuel qu'elle érotisait de mouvements langoureux.

« I'm so tired, of playing/ Playing with this bow and arrow/ Gonna give my heart away/ Leave it to the other girls to play… »

Elle virevoltait, arquée, la musique dans le bas des reins. Ces déhanchements plongeaient ceux qui l'observaient dans un mutisme explicite.

Plus tard, Darla réapparut en soutien-gorge bustier, minijupe d'écolière écossaise et bas blancs. Elle faisait le tour des tables et proposait des danses privées aux clients, qui sans équivoque la déshabillaient du regard, elle avait la témérité de leur répondre par de larges sourires. En l'espace d'un instant, elle disparut avec une cliente puis revint dix minutes plus tard offrir à nouveau ses services. Elle évoluait nonchalante à la recherche d'une prochaine victime. Je fis en sorte de l'observer si manifestement qu'elle s'approcha, sûre de ses pouvoirs. « Bonsoir, je m'appelle Darla. Si tu veux, je peux faire une petite danse rien que pour toi, c'est cinquante euros, ça te dit ? » Je suivis son sillage jusque dans un lounge étroit, entoilé de velours noir. Je glissai les billets dans le creux de sa main, je découvris la finesse de son poignet et l'élégance de ses doigts aux ongles faits. Elle parut si surprise qu'on s'attarde sur cette partie de son anatomie qu'elle se mit à sourire, d'un sourire étonné et plein de douceur. Puis elle reprit le contrôle de la situation, m'invita à m'asseoir et effleura mon visage avec la pointe de ses cheveux. Elle ondulait autour du fauteuil club en ronronnant et effeuillait lentement le peu de linge qu'elle portait. Il ne lui restait plus qu'une petite culotte en dentelle que la lumière noire rendit luminescente et une chaîne dorée suspendue à ses hanches qui lui donnait des airs de princesse levantine. Elle tourna les talons, dégagea les cheveux de sa nuque et me frôla. « Cent euros, c'est beaucoup trop, *sexy cat* ! À ce prix-là tu vas être ma victime pour au moins quinze minutes, souffla-t-elle langoureusement.

— C'est malheureusement Audrey que je suis venu voir ce soir, pas Darla. Mon prénom est Tristan et je cherche à contacter Madeline. Je pensais que tu pourrais m'aider. »

Elle se retourna pour jeter un coup d'œil furtif au vigile qui surveillait les danses. Puis elle s'appuya sur les accoudoirs du fauteuil, s'inclina doucement vers moi, les jambes légèrement écartées, feignit de m'embrasser et me murmura: «Attends-moi après mon travail, à 3 heures de l'autre côté de la rue.»

Avant de m'éclipser de cet empire des sens, je saluais l'adorable barmaid. Elle me demanda, espiègle, si je m'étais bien diverti... Je retournai à pied à l'hôtel et je trouvai que la vie était belle.

3 heures du matin. J'étais devant le Kingdom Gentleman's Club. Une faune bigarrée et alcoolisée sortait au compte-gouttes de l'établissement et s'éloignait dans un torrent de rires et de cris qui déchiraient la nuit. Vingt minutes plus tard, tout était redevenu calme et Audrey apparut, dépossédée de ce voile d'audace et d'érotisme qui la transcendait. Il n'était plus question de danseuse à la sexualité hybride, haut perchée sur des talons, folâtrant à la demande avec des clients, mais d'une petite chose, d'une toute petite chose en veste de jean et au look d'étudiante policée.

«Désolée de t'avoir fait attendre, mais j'aidais les filles à ranger. On peut se trouver un banc du côté de la Madeleine si tu veux. Je suis éreintée de faire ma tannante, à danser depuis plus de trois heures et à boire des *shots* avec des clients.

— J'espère que c'était une bonne soirée pour toi?

— Oui, pas trop mal pour un dimanche. Mais j'espère surtout que c'était distrayant pour toi, *sexy cat*! Ça te dérange si je fume?»

Elle alluma un joint, l'inhala le plus loin qu'elle put et se laissa envahir quelques instants avant de m'offrir une bouffée.

« Madeline est très attachante, n'est-ce pas ?

— Surprenante pour ce que j'en ai vu !

— Elle m'a parlé de votre rencontre. Tu sais, elle est assez fragile, ces derniers temps. Elle passe par des hauts et des bas depuis le décès de celle qu'elle considérait comme sa seconde mère.

— Tu veux parler de Louise ?

— Oui, Louise Carter. C'est à cause d'elle qu'elle tenait tant à te rencontrer. Louise était visiblement fatiguée depuis quelques mois. Dans une lettre, elle avait communiqué à Madeline tes coordonnées en lui recommandant de se rapprocher de toi, ajoutant que tu serais toujours en mesure de l'aider quoi qu'il arrive. Cette lettre l'avait bouleversée, elle n'en comprenait pas le sens. De retour de Barcelone, elle a tenté de joindre Louise, mais elle était morte trois jours plus tôt. C'est pour ça qu'elle avait tenu à te rencontrer. Elle voulait savoir qui tu étais, comprendre le sens du message de Louise.

— Pourquoi ne m'a-t-elle rien dit ? Pourquoi n'a-t-elle pas parlé de Louise quand je l'ai vue ?

— Je ne sais pas. Elle avait une confiance aveugle en Louise. Son instinct a dû lui dicter une certaine réserve à ton égard, c'est plutôt compréhensible dans la circonstance, non ? Je t'assure, elle était ravie du dîner avec toi. Elle m'a parlé d'un super-moment.

Elle m'a même dit qu'elle te trouvait *sweet*, ce que je ne démentirais pas, *sexy cat* !

— Tu es adorable, mais tout ça ne me dit rien sur ce que j'attendais de cette rencontre avec Madeline. Tu peux me parler un peu d'elle ? Pourquoi était-elle si proche de Louise Carter ?

— De l'amour assurément, mais pas uniquement. Elle a toujours dit que Louise était la seule à vraiment la connaître et à la comprendre sans porter aucun jugement sur son mode de vie. Et elle était toujours là quand il fallait. C'était son ange gardien. Louise l'avait souvent invitée en voyage en Inde et en Europe et Madeline en ressortait toujours plus forte, passionnée, pleine de confiance en elle. Je ne la connaissais pas à l'époque, mais visiblement elle a eu des périodes extrêmement épicées. Ses parents étaient en plein divorce, sa mère incapable de l'aider ou de la comprendre. Son père était parti avec une très jeune caissière idiote. Madeline se sentait complètement rejetée. Je ne devrais peut-être pas en parler, mais elle a été abusée par des cousins censés veiller sur elle. Sa seule envie était de quitter ce monde dégueulasse. À seize ans, elle est partie au Canada avec un copain. Elle y est restée pendant quinze ans. Par nécessité, elle est vite tombée dans le milieu des clubs de danseuses. Au début, elle trouvait ça fun, ça satisfaisait à merveille son côté exhibitionniste. Mais comme beaucoup de filles du milieu, elle s'est mise à consommer. Le problème de Madeline, c'est qu'elle fait tout à fond. Sous des allures de petit ange sexy, elle pousse tout aux limites de l'acceptable, les stups, le sexe, l'alcool. Elle a visiblement connu le grand amour avec un mec fantastique, un musicien, sujet comme elle aux addictions. Il répondait à sa soif de découvertes, de musique et à son insatiable énergie sexuelle. Ils vivaient de petits boulots dans l'Ouest canadien. Quelques années plus tard la relation s'était fortement tarie, il ne la touchait plus, il lui reprochait des relations sexuelles avec d'autres qui n'avaient jamais existé. En plus de la poudre, il était accro au jeu et elle s'est aperçue qu'il la volait. Toutes ses économies ont fini par y passer. Quand elle s'est décidée à le quitter, elle est partie avec son chat et un sac poubelle pour seuls bagages. Elle a fait la route par la transcanadienne et, de retour à Montréal, elle sombra dans une profonde dépression. Elle consommait à outrance de tout, de la kétamine, au point de se foutre en l'air les voies urinaires, l'odorat, la vision et comme pour le reste elle y allait à fond. C'est à cette période je crois qu'elle a rencontré Louise. Je me permets de te dire tout ça, car je sais que je peux te faire confiance, surtout si Louise lui a demandé de se rapprocher de toi. C'est aussi pour te faire comprendre qu'elle est particulièrement fragile. Elle s'est remise à consommer de la ké, des speeds et du crystal meth. Heureusement, je crois qu'elle ne s'injecte rien.

— Où est-elle?

— À Montréal pour une semaine. Elle accompagne certains modèles au Fetish Weekend. Elle a créé des costumes incroyables sur le thème de la domination, en latex et vinyle super-sexy. Ça va lui changer les idées et lui faire du bien de revoir sa gang. »

J'avais du mal à imaginer qu'Audrey venait de me parler de la petite Madeline que j'avais rencontrée en début de semaine. Au moment où je la remerciais pour sa confiance, elle posa sa tête sur mon épaule et sombra dans un sommeil de plomb. Par chance un taxi passa sur la place. Je pris Audrey dans mes bras et l'installai à l'arrière.

À l'hôtel, le personnel de nuit, surpris de me voir encombré d'un si joli fardeau, me demanda si j'avais besoin d'aide. « Tout va bien ! Pouvez-vous juste appeler l'ascenseur ? », demandai-je en traversant l'immense lobby, Audrey amorphe dans un bras, l'autre embarrassé de son sac à main qui pesait le poids d'un âne mort.

Elle se laissa porter comme une enfant, les bras autour de mon cou, la tête sur mon épaule. Le garçon m'accompagna jusqu'à la chambre pour m'ouvrir la porte. Je profitai de sa présence pour déplier le canapé-lit. Il déposa un peignoir sur la table basse et m'aida à retirer le blouson et les Stan Smith d'Audrey. Il apporta un oreiller et la couvrit délicatement avec un drap.

« Elle n'est pas souffrante au moins ?

— Non, je vous rassure, juste un sérieux coup de fatigue. »

Je lui donnai un billet pour le remercier de sa gentillesse. Audrey s'abandonnait à ses rêves, je regagnai mon lit dans la mezzanine. Je lus quelques pages avant de sombrer dans le sommeil à mon tour.

Au petit matin les rideaux laissaient passer une douce lumière. Audrey était dans la salle de bains.

« Je suis désolée pour hier soir. J'ai beaucoup trop parlé, dit-elle en traversant la mezzanine, nue, sur la pointe des pieds, pour aller s'habiller.

— Oui un peu, mais je n'en sais pas plus sur Louise. »

Je regardais virevolter ce corps libre, elle avait deux petits cœurs tatoués en bas de l'aine. Sa chaîne dorée était enroulée autour de sa cheville.

« C'est vraiment beau ici, dit-elle en se glissant nue dans son jean.

— Oui, c'est vraiment beau, pensais-je en la regardant s'habiller. C'est un vieil hôtel particulier. La Fayette et Marie-Antoinette ont vécu là.

— Ils étaient amants ?

— L'histoire ne le dit pas !

— Qu'est-ce que tu lis ?

— *Onze minutes*, un roman sur le sens sacré du désir et la part de spiritualité qui réside en nous. Je l'ai fini hier soir en pensant à toi, oui à toi ! Prends-le, je crois que cela pourrait t'intéresser.

— Ah oui, vraiment ? », et elle me fit un *big hug* pour me remercier.

Plus tard je reçus un message sur mon portable.

« Merci tellement de m'avoir hébergée. J'espère ne pas t'avoir trop dérangé. Je suis au jardin du Luxembourg, ton livre est malade, je n'arrive plus à le quitter. Xoxo. »

X

Je retrouvai Malika à Roissy, au salon Air France du terminal 2E. Quand, vers 23 h 30 le 777-300 s'ébroua pleins gaz en destination de la cité du Lion, Malika avait déjà sombré dans un profond sommeil. Après le dîner, je m'allongeai et profitai du silence de la cabine pour songer à Charlotte et Annabelle, mes deux amours me manquaient terriblement. Je parcourais leurs derniers textos où des émojis rieurs, des explosions de cœurs et des photos de plage m'annonçaient qu'elles étaient bien arrivées à Zarautz, une jolie station de bord de mer au sud de San Sebastian. Elles étaient accueillies par Alicia, la grande amie de Lucie, mère d'un adorable petit Diego, qui vivait à cinquante mètres de chez nous à Palos Verdes avant de s'installer sur la côte basque espagnole. Après la disparition de Lucie la présence d'Alicia à nos côtés fut un véritable baume de tendresse et je n'ai pas eu besoin de lui expliquer la teneur des complications qui se tramaient à Eiberlacho pour qu'elle me propose d'héberger les filles chez elle tout le temps qu'il serait nécessaire. J'étais très heureux de les savoir auprès d'Alicia et Diego. Alicia n'était que gaieté et douceur, elles en avaient besoin, et je comptais bien sur cette ancienne championne de surf pour les initier à ce sport.

Captivé par le hublot, je suivais les luminescences d'un halo de lune qui caressait la nuit, délicieuse et trop belle pour dormir. Nous dirigeant vers l'est, elle promettait d'être courte. Je m'assoupis quelques instants, puis je repris la veille, le regard plongé dans l'infini. Petit à petit nous progressions vers le matin. Les premières lueurs du jour apparurent.

Je fermai le volet du hublot pour finalement m'endormir jusqu'à ce que de fortes turbulences me raniment. Elles annonçaient la zone de convergence intertropicale et la proximité de Singapour. Les hôtesses interrompirent leur service et invitèrent les passagers à s'asseoir et à attacher leur ceinture. D'incroyables forces butaient contre la carlingue. Nous étions ballottés dans tous les sens, et les ailes, dans de gigantesques débattements, supportaient des efforts extraordinaires. Le son et les vibrations des remises de gaz successives ajoutaient à l'anxiété des passagers les plus inquiets. Malika prenait la situation avec amusement. Elle s'accrochait aux accoudoirs de son siège et lâchait des *waouh* dans les trous d'air les plus profonds. Elle savait que ces turbulences étaient typiques de l'approche de Singapour. Je découvris qu'elle avait sa licence de pilote privée et qu'elle connaissait ces phénomènes, lorsqu'elle m'expliqua comment les aviateurs contournaient les lignes orageuses en croisière et les fameux *killers clouds* assez courants en Malaisie.

Et le vol devint soudainement calme. La masse nuageuse s'éclaircit progressivement, les lueurs de milliers de cargos et de jonques apparurent, telle une armada fantôme à l'assaut de l'illustre et brillante cité qu'on appelait naguère Temasek, le lieu au milieu des mers.

Plus de douze heures s'étaient écoulées depuis notre départ de Paris. Moquette épaisse, marbre, cascades d'eau, végétation tropicale, chants d'oiseaux et hôtesses de Singapore Airlines dans d'élégants sarongs kebaya, nous étions bien à l'aéroport de Changi. J'avais une heure et demie pour attraper ma correspondance pour Chennai. Très subtilement, et à de nombreuses reprises, Malika avait cherché à connaître mon programme pour les prochaines vingt-quatre heures. Je restai volontairement discret sur mes plans, je lui confirmai des rendez-vous professionnels sur place, sans plus de détails.

Une fois l'immigration passée, je l'accompagnai jusqu'au stand des taxis. Elle monta dans un Comfort Taxi de couleur bleue et je regagnai le terminal II, à destination du salon de Singapore Airlines. J'eus le temps de prendre une douche avant d'embarquer sur le vol SQ 518 à destination de Chennai. Des myriades d'hôtesses attentionnées distribuaient des serviettes chaudes et du champagne. Les trois heures et demie de vols furent une parenthèse de fraîcheur avant de plonger dans l'atmosphère moite et poivrée de Chennai. L'avion atterrit sur l'ancien aéroport de Madras International, ce qui n'était pas prévu. Tout était crasseux, misérable, mal ventilé, les sièges étaient rares. Sitôt passés les contrôles d'immigration, je m'arrachai de cet endroit insalubre et traversai rapidement le grand hall d'arrivée désert, dernier sas avant le sud de l'Inde, cette grande côte du golfe du Bengale.

À l'extérieur, la nuit était tiède, je me confrontais à l'inertie de la foule moite, paisiblement agglutinée devant la sortie. Je jouais des coudes pour me frayer un chemin dans la touffeur, le goût âpre de la poussière et des cendres mêlées aux effluves de kérosène. Chaque ville a ses odeurs, on les reconnaîtrait parfois les yeux bandés.

La vieille Ambassador couleur crème filait en direction de la capitale du Tamil Nadu. La route était chaotique et peu éclairée. Malgré l'heure avancée de la nuit, la voie était encombrée de charrettes, de bus, de camions multicolores à pompons et de tricycles motorisés, tandis que des vaches efflanquées broutaient paisiblement sur les bas-côtés au milieu des détritus.

Le chauffeur se faufilait à toute allure dans ce gymkhana au milieu des *tuk tuk* pétaradants d'où surgissaient des camions brinquebalants. Je me résignai à ne plus regarder la route et à contacter Lucas, un ami d'enfance d'Eiberlacho devenu gendarme, je lui avais demandé de tenter de localiser Jehan à qui je voulais vraiment parler.

« Nous l'avons trouvé, ton bonhomme ! Mais ce n'est pas une bonne nouvelle. Il est tombé d'une falaise, le long du canal des Moines à Aubazine. Son état est très incertain. On l'attendait au restaurant Le Saint-Étienne pour rencontrer des universitaires. C'est un retraité qui a donné l'alerte. Il venait puiser de l'eau pour ses moutons quand il aperçut son véhicule stationné derrière l'abbaye, les vitres brisées, à proximité du chemin menant au canal. Une enquête a été ouverte. Rappelle-moi demain j'aurai probablement du nouveau. »

J'arrivai à l'hôtel Taj Coromandel, dévasté. Je n'avais pas cessé de penser à Jehan. Je le revoyais se déplacer à Eiberlacho avec lenteur, arc-bouté sur sa canne. Comment avait-il pu aller jusqu'au canal des Moines, en pleine forêt, au-dessus de l'abbaye d'Aubazine ? Le chemin est très pentu, certains passages présentent des à-pics vertigineux. Cette histoire m'obséda toute la nuit.

L'air climatisé accentuait l'odeur de moisi du grand hall que même les bougainvilliers peinaient à embaumer.

Komal m'avait rejoint pour le petit déjeuner. Je m'attendais à rencontrer une Indienne en sari, un peu ronde, le teint olivâtre, les cheveux tirés et sans âge. J'avais tout faux. Ses bras étaient d'une finesse extrême, elle portait une jupe longue gris clair, ajustée comme un fuseau, et sa taille étroite supportait un buste joliment serti dans un chemisier de soie bleu marine. Des lunettes rectangulaires à monture noire dissimulaient ses grands yeux bruns.

Après les incontournables cafés filtres de Madras et quelques échanges de politesse réciproques, j'allai droit au but et expliquai à Komal la situation et l'urgence d'en savoir plus sur Louise Carter. Elle m'écoutait avec attention, sans dire un mot. J'étais visiblement en observation. Et c'est seulement après une heure et demie d'échanges sur les programmes humanitaires lancés par Louise Carter, quand j'évoquai Madeline, que son attitude changea du tout au tout.

« L'avez-vous rencontrée, demanda-t-elle ?

— Oui, à sa demande et visiblement sur la recommandation de Louise Carter.

— C'est bien Louise d'agir ainsi !

— Tant mieux si vous comprenez quelque chose, car moi, je demeure toujours dans le brouillard le plus complet.

— Vous savez, Louise était une personnalité... comment dire... multidimensionnelle. Elle a eu plusieurs vies. De qui parler ? De notre mère adoptive, de l'infatigable chef de missions humanitaires, du professeur d'université, de la chercheuse, de la femme?

— Tout m'intéresse, mais commençons par sa relation avec Madeline si vous le voulez bien.

— Madeline était devenue pour ainsi dire ma petite sœur, le trublion de la famille qu'il fallait protéger d'elle-même. Louise l'avait rencontrée, pour ne pas dire recueillie, alors qu'elle était au plus bas. Elle en voyait pourtant des drogués, des petits dealers, des filles exploitées et des marginaux de tous genres, mais Madeline était spéciale pour Louise. Elle s'était prise d'affection pour elle, en se donnant, je crois, pour mission de la sauver.

— Pourquoi Madeline?

— Je pense qu'elle se retrouvait en elle.

— Quel rapport entre une universitaire renommée et cette petite jeune fille soumise et perdue?»

Il y eut un long silence, puis Komal reprit:

«Elle était passionnée par Madeline. Elle l'emmenait quasiment partout, elle la présentait comme sa fille. Madeline en a tiré des expériences inoubliables et reconstructrices. Grâce à Louise, elle a très vite compris que ses malheurs n'étaient pas grand-chose par rapport à la misère du monde.

— Mais qui était vraiment Louise et qui est Madeline?

— Je n'ai connu de Louise que l'universitaire ou la chef de missions humanitaires, par contre Madeline...»

Elle s'interrompit quelques instants et ses yeux devinrent brillants.

« Madeline a fait la route seule, abandonnée, délaissée de tous, sans un sou. Les services sociaux canadiens l'avaient ramassée comme un animal blessé, sur un parking du Manitoba en train de faire la manche avec son chat. Des routiers avaient abusé d'elle. Louise, qui s'occupait d'une association pour jeunes femmes sans-abri, l'a hébergée chez elle, à Montréal, le temps qu'elle retrouve son équilibre. Quand elle a été rétablie, Louise l'a aidée, elle l'a poussée à reprendre ses études de couture. Et Louise a dû quitter le Canada pendant huit mois pour revenir travailler en Inde. Madeline s'est remise à consommer de la kétamine frénétiquement. Elle allait de *bad trip* en *bad trip*. Elle prenait le fameux K-hole, celui qui provoque des visions effrayantes. De nouveau en pleine dépression, Madeline était redevenue une petite *junkie*, la proie de gagneurs qui la faisaient travailler dans des clubs de danseuses de banlieue. Mais elle excellait tellement dans ce qu'elle faisait, qu'elle fut vite reconnue dans le milieu, au point de réussir à s'émanciper de ses souteneurs minables. Au fil des mois, Madeline est devenue une icône de la nuit, une déesse de la scène de Montréal. Elle n'était plus une victime, elle devenait une légende. Elle pouvait entrer dans n'importe quel club de la rue Sainte-Catherine, danser à l'improviste et occuper le podium. Tous s'arrachaient ses services.

Elle utilisait sa réputation et les protections dont elle bénéficiait pour prendre soin des filles les plus faibles et les arracher aux griffes de leurs souteneurs. Elle mettait aussi à profit ses relations pour faire sortir de prison des petits dealers qui s'étaient fait prendre sur le fait. Elle avait fait une croix sur l'amour. Seuls comptaient pour elle son boulot, le plaisir et son chat.

— Et Louise dans tout ça?

— À son retour d'Inde, Louise a mené à Montréal des travaux de recherche sur les addictions aux stupéfiants dérivés de médicaments. Elle a eu des nouvelles de Madeline par un petit dealer consommateur de méthamphétamine. Elle a retrouvé sa trace facilement. Madeline allait plutôt bien, consommait moins de drogues dures, mais vivait toujours de la nuit. Le plus surprenant, c'est que Louise acceptait très bien ce mode d'existence si particulier. On aurait dit que ça lui semblait normal. Elle la voyait s'amuser, bien dans sa tête, sans aucun trouble d'anxiété ni de dépression. Pour Louise peu importaient les mœurs, ou le milieu dans lequel elle évoluait tant qu'elle était sobre et ne se mettait pas en danger. Madeline ne l'était pas totalement bien sûr, elle consommait toutes sortes de trucs, ecstasy, speed, champignons et bien sûr du *pot*, mais elle avait tourné le dos aux drogues dures. Et pour Louise, le fait qu'elle puisse prendre du plaisir dans ce qu'elle faisait était aussi un signe fort de reconstruction.

Elles se voyaient quasiment tous les jours à l'heure du dîner, c'était devenu un rituel. Louise connaissait tout de sa vie. Même éméchée au petit matin, Madeline n'hésitait pas à venir dormir chez elle, en toute confiance. Louise était à la fois sa mère adoptive, sa psy, son amie, mais surtout celle qui lui a ouvert des portes en l'emmenant dans ses déplacements à travers le monde. Au début, Madeline n'était pour Louise qu'un oiseau blessé qu'il fallait sauver comme tant d'autres. Très vite, par je ne sais quelle grâce, elle est devenue sa protégée. Elle bénéficiait d'un statut particulier, tout tournait autour de Madeline. Louise avait fini par organiser ses déplacements en fonction des disponibilités de Madeline. Au fond, elles avaient besoin l'une de l'autre. Madeline était pour Louise une source intarissable d'analyses et de compréhension du comportement addictif. Ce que Louise trouvait par la recherche et la connaissance, Madeline le lui confirmait par l'expérience, elle lui apportait la réalité du monde *underground*. Louise savait qu'elle devait la notoriété de certains de ses travaux à Madeline. Elles sont vite devenues inséparables. Grâce à Louise, Madeline avait trouvé un projet qui la dépassait. Elle était de toutes les conférences, de tous les dîners avec l'équipe scientifique. Elle est devenue une assistante hors pair pour Louise, sauf à Montréal où Madeline restait dans l'ombre, car elle craignait d'être reconnue par ses clients.

— Que voulez-vous dire ?

— Son univers comportait toutes sortes de gens dont des universitaires qui avaient pignon sur rue. Ils la sollicitaient pour se procurer des stups, ils lui demandaient même parfois de les accompagner, car elle connaissait les bons dosages et était capable de les prémunir des *bad trips*. Plus tard, Madeline s'occupa des recherches de financements pour les programmes et les missions humanitaires. Là encore elle excella… »

Mon téléphone sonna. C'était Malika. « Tristan, j'ai absolument besoin de vous parler, c'est urgent, peut-on se voir dans l'après-midi ?

— Je suis en rendez-vous, cela ne peut pas attendre demain ?

— Non et nous devons sérieusement changer nos plans, il y a danger !

— Pouvons-nous au moins nous en parler au téléphone ? Je peux vous rappeler d'une ligne fixe.

— Mais où êtes-vous, bon sang ?

— J'ai dû faire un déplacement en dehors de Singapour, mais je peux être là demain matin.

— Je vous rappelle que je suis chargée de votre sécurité. Je vous fais confiance et vous me dites que vous n'êtes plus à Singapour ! C'est n'importe quoi ! On ne va vraiment pas pouvoir travailler ensemble.

— Je suis désolé, j'ai dû répondre à une urgence, mais je peux vous retrouver dans la soirée à l'hôtel, si vous voulez.

— Appelez-moi dès que vous arrivez ! »

Elle raccrocha, visiblement très remontée.

« Vous semblez tourmenté, ça ne va pas ? demanda Komal.

— J'avais fait en sorte de ne pas informer de notre rencontre l'officier du ministère de l'Intérieur qui m'accompagne dans cette affaire. Mais quelque chose de grave est arrivé. Elle m'a simplement dit qu'il y avait urgence, que nous devons changer nos plans et que je devais la rejoindre le plus vite possible. Je vais devoir repartir tout de suite. Je suis désolé.

— Il y a un Air India pour Singapour vers 13 heures, je peux tenter de vous le réserver, mais il faut faire vite ! »

Je lui laissai ma carte de crédit avant de remonter dans la chambre récupérer mes affaires. De retour dans le lobby, Komal finissait d'organiser mon *check out*.

« Tout est arrangé. Je vous accompagne à l'aéroport, filons !

— On a beaucoup parlé de Madeline, lui dis-je dans la voiture. Mais je ne sais toujours rien de ce qui a amené Louise Carter à me désigner comme exécuteur testamentaire ni de ce qui pourrait justifier sa fortune.

— J'ai beau y réfléchir, je ne vois rien qui puisse vous aider. Il faudrait sans doute fouiller dans le passé de Louise.

— Certainement, mais comment ?

— Louise tenait un journal personnel, ça l'aidait pour son travail. Mais elle écrivit aussi, il y a très longtemps, un manuscrit sur la première partie de sa vie, sur la Louise que nous n'avons jamais connue. Nous lui avions demandé pourquoi elle ne le publiait pas. C'était trop personnel et elle craignait que cela nuise à la notoriété de ses recherches. Elle disait: "Ce cahier sera pour vous, mes filles, rien que pour vos yeux quand je ne serai plus."

— Vous avez lu ce cahier?

— Non! Nous étions si proches de Louise qu'il était plus simple d'échanger directement avec elle que d'aller chercher dans ses Mémoires.

— Et elle vous parlait du passé, de sa jeunesse?

— Pour ainsi dire jamais. Les grandes puissances coloniales étaient en guerre à cette époque. Cette période cruelle et obscure du XXe siècle ne m'a jamais vraiment intéressée. Vous devriez vous rapprocher de Madeline, c'est elle qui détient ce cahier.»

Son chauffeur s'arrêta devant l'aéroport. «Filez vite et gardez pour vous les confidences que je vous ai faites sur Madeline! Surtout, prenez bien soin de vous et d'elle si vous le pouvez!», me dit-elle sans descendre du véhicule.

Je faillis rater mon vol. L'état des routes n'était pas en cause, ni le trafic à cette heure du jour, mais les innombrables coups de tampon et contrôles que la bureaucratie de l'aéroport infligeait aux passagers et sans doute à sa propre administration.

Cette nation avait un goût invétéré pour les papiers, les formulaires, les fiches, comme pour les tampons de toutes formes et de toutes sortes. J'assistais aux derniers vestiges de la colonisation britannique mâtinée de coopération soviétique. Face à mon impatience de plus en plus marquée, un passager indien, dont la sérénité apparente relevait plus de la résignation que du courage, ne manqua pas de me faire remarquer d'un ton pontifiant que l'étymologie du mot « bureaucratie » lui semblait française ! J'essayai de rester zen.

On nous demanda de traverser le tarmac bouillant pour rejoindre l'avion en bordure de piste. Au pied de la passerelle, enveloppée de vapeurs d'air surchauffées bleuâtres, des militaires en casquettes à visière et aux tenues débraillées, *stick* en bois à la ceinture, contrôlèrent de nouveau nos cartes d'embarquement. Ils tamponnèrent pour la huitième fois la fiche que leurs collègues, au précédent contrôle, avaient accrochée au passeport. Ce coup de tampon fatal constituait l'indispensable sésame pour enfin monter à bord. Des émanations de kérosène envahissaient la cabine. Elle n'avait rien de comparable avec celle de Singapore Airlines, mais l'Air India arriva parfaitement à l'heure, à l'image de l'Inde, continent illisible, énorme capharnaüm et qui pourtant fonctionne tant bien que mal sans qu'on y comprenne grand-chose.

L'immigration à l'aéroport de Changi fut d'une fluidité déconcertante. Quinze minutes après avoir débarqué, je filais dans un taxi aux odeurs d'huile d'eucalyptus et à la climatisation trop forte. La nuit s'était déjà emparée de la ville-État. J'appelai Malika pour la prévenir de mon arrivée imminente. Elle m'attendait à la terrasse d'un restaurant indonésien de Boat Quay. L'accueil ne fut pas des plus chaleureux. Malika était aussi raide que la statue de Sir Raffles qui trônait de l'autre côté de la Singapore River.

« Cela vous arrive souvent de vous évaporer dans la nature ? lança-t-elle d'un ton glacial en me foudroyant de ses grands beaux yeux noirs.

— Je suis là, tout va bien, peut-être pouvez-vous me dire de quoi il retourne ? »

Son masque restait sévère.

« Il y a du nouveau. Une des relations supposées de Louise Carter a été retrouvée sérieusement blessée, à la suite d'une violente agression.

— De qui s'agit-il ?

— Un dénommé Jehan Amarzit. Nous avions enregistré sa présence aux obsèques de Louise Carter. »

Je m'étranglai.

« A-t-il dit quoi que ce soit ?

— Il est dans le coma... Mais ce n'est pas tout. J'avais demandé que soit faite une seconde autopsie du corps de Louise Carter. Selon les premiers résultats il semblerait qu'elle n'est pas morte d'un arrêt cardiaque mais qu'elle a été empoisonnée. »

Son regard était moins dur et son hostilité à mon égard commençait à s'estomper. Le serveur malais apporta des satays, un grand plat de *nasi goreng* et deux bouteilles de Tiger Beer qu'elle avait commandés.

«Je pense, Tristan, que vous êtes en grand danger, comme tout l'entourage de Louise.

— À quoi jouent ces types?

— Ces criminels, voulez-vous dire! Avec une telle somme d'argent on peut tout imaginer.

— Quoi par exemple?

— Ils étaient probablement informés de la donation de Louise Carter. Ils l'ont peut-être assassinée pour accélérer le processus de sortie des fonds et mieux se les approprier. Si c'est le cas, ils doivent savoir que vous êtes le seul à pouvoir retirer les fonds et à en disposer. Il y a fort à parier qu'ils vous suivent à la trace, au jour le jour, peut-être ici même. Dans ce contexte, retirer les fonds après-demain serait un vrai suicide, vous seriez une proie bien trop facile. Tant que vous ne faites rien, ils sont condamnés à rester dans l'ombre. Ils ont besoin de vous. Votre meilleure protection actuellement est surtout de ne pas solliciter les banques.

— Vous avez une idée des liens qu'entretenaient Louise Carter et Jehan Amarzit?

— Nous l'ignorons encore, mais il n'était pas au cimetière par hasard.»

Je songeai à Madeline, elle était la plus proche de Louise, il fallait que je la prévienne tout de suite.

«Quels sont vos plans?

— J'attends des ordres du bureau. On n'est pas sur notre terrain. Si des criminels sont ici nous sommes vulnérables, car dans l'incapacité de les identifier. Les réseaux mafieux sont légion dans le secteur et ils peuvent bénéficier de nombreuses complicités. Allons dormir et promettez-moi de rester à l'hôtel cette fois. Nous y verrons plus clair demain. »

Après ce que je venais d'entendre je n'avais aucune velléité d'une balade au Long Bar pour déguster des *Singapore slings*, même avec Malika ! Elle m'accompagna jusqu'à la porte de ma chambre, comme si elle était mon garde du corps.

« Je vous appellerai si j'ai du nouveau, en attendant il faut dormir, bonne nuit. »

Je rentrai dans le silence de ma chambre. Cette histoire devenait pesante et en cet instant seul le désir d'entendre Charlotte et Annabelle comptait. C'était la bonne heure pour les appeler, pour une fois je ne tombais pas sur leurs messageries, ce fut un vrai moment de bonheur, une parenthèse de fraîcheur dans cette journée compliquée, je mesurais ma chance. Elles étaient ravies de retrouver Diego et me racontèrent leur visite du petit port de Getaria et surtout du musée Cristóbal Balenciaga qui les avait enchantées. À mon tour, je profitais de FaceTime pour partager la vue grandiose qu'offrait la terrasse de ma chambre sur la piscine, Cavenagh Bridge, le Victoria Theatre et l'Asian Civilisations Museum qui illuminait l'ancien quartier colonial.

La connexion wifi m'adressa des *Waouh, c'est trop beau, I love it, trop cool, Dad I want to go to Singapore...* Alicia les emmenait visiter la vieille ville, il était temps de les embrasser. Les voir et les entendre m'avait fait du bien.

En observant la vue de la terrasse j'essayais d'imaginer ce qui avait précédé dans cette jungle de Pulau Ujong, «l'île du bout», quand elle n'était qu'un insalubre comptoir de la British East India Company, rongé par la malaria, infesté de serpents, de sampans envasés, de praos capturés aux pirates malais et de jonques chinoises mouillées à l'embouchure de la rivière. Là, dans ce qui n'était pas encore une colonie de l'Empire, cohabitaient marchands, trafiquants d'esclaves, *midshipmen*, serangs et espions de tout bord. Ils étaient en quête de riz, d'eau douce, d'opium et de femmes, tandis que le long du détroit les pirates malais, les «ogres de l'archipel», restaient tapis au fond des bras de rivières à piéger les convois des marchands de Penang et de Canton, à braver les escadrilles de la Compagnie des Indes.

Une sourde rumeur urbaine flottait dans la nuit moite et épicée. Face à l'embouchure, le modeste obélisque Dalhousie défiait du haut de ses cent soixante-dix-huit ans l'immense vaisseau aérien de Marina Bay, le dernier hôtel géant de la cité du Lion. L'univers scintillait dans un assortiment de lumières où l'eau, les buildings, les jardins et le ciel étincelaient jusqu'à Batam, de l'autre côté du détroit.

Je me laissais hypnotiser par cette grande fête des lumières et envoûter par les effluves suaves des frangipaniers.

Le lendemain matin, vers 6 heures, j'aperçus Malika qui enchaînait mécaniquement des longueurs dans l'immense piscine. Cette fille était un robot. Triathlète, elle faisait partie du club grandissant des Ironwomen et comptait au moins trois Kona à son actif. J'étais intrigué par la féminité et la fraîcheur de ces athlètes qui s'imposent des volumes surhumains d'entraînement et de souffrance lors des épreuves. Il devait falloir être soi-même Ironman pour partager l'intimité et la détermination d'une personne capable d'endurer en moins de onze heures quatre kilomètres de natation, cent quatre-vingts kilomètres de vélo et presque quarante-deux kilomètres de course à pied. Je l'observais sortir de l'eau, svelte, la taille fine et cambrée. Rien, si ce n'est peut-être la largeur de ses épaules et la longueur des muscles de ses jambes, ne laissait deviner une telle force. Elle retira ses lunettes de natation et son bonnet de silicone marqué à l'effigie de l'Ironman Nice et fit quelques assouplissements.

« Avez-vous passé une bonne nuit, Tristan ?

— Je n'en sais rien, je ne l'ai pas vue passer. Je me suis retrouvé ce matin allongé et amnésique sur le sofa de la terrasse de cette prison dorée !

— Au moins, votre assignation à résidence ne vous aura pas laissé de mauvais souvenirs !

— Pardon, mais le deal était de m'escorter, pas de m'enfermer !

— *Cry me a river* ! Le deal est que tant que vous êtes sous ma protection, et donc sous ma responsabilité, vous évitez de vous évaporer dans la nature ! Je n'ai aucune envie de vous ramasser dans un caniveau. Je n'ai jamais perdu quelqu'un en mission et ce n'est pas ici ni avec vous que ça va commencer !

— Trop aimable. Je vous en suis très reconnaissant et je suis très heureux que vous soyez là avec moi. Mais comprenez, je n'ai pas été formaté pour vivre en permanence avec un garde du corps, encore moins pour rendre compte de mes allées et venues ou de mes activités. L'efficacité est dans l'autonomie. Mais je vous promets d'être plus attentif, à l'avenir.

— Vous n'avez pas été formaté pour affronter le danger tout court, et c'est tant mieux. L'autonomie n'exclut pas la transparence, et travailler en équipe dans ce contexte nécessite un minimum de confiance, non ? Sans l'assistance de la meute, les grands loups solitaires ne vont jamais très loin… »

Elle était sur le point de manquer d'humour et elle montait très vite dans les tours dès qu'il s'agissait de sécurité. Après tout, elle n'était pas là pour le plaisir et mon escapade de la veille sans explication l'avait sérieusement énervée. Plus tard dans la matinée, elle me confirma que son administration ne voulait prendre aucun risque. L'agression de Jehan commandait de rentrer au plus vite, sans tenter de récupérer les fonds. Je n'étais pas surpris, mais je restais très inquiet pour Madeline. J'étais sans nouvelles et ne pouvais m'empêcher de penser à sa sécurité plus qu'à la mienne. J'essayais de donner le change à Malika, mais je ne pensais qu'à Madeline. Curieusement, c'est à ce moment qu'elle me téléphona. Je venais de regagner ma chambre.

«Je suis vraiment désolée de vous avoir quitté si brusquement l'autre soir.

— J'espère surtout n'avoir rien dit qui vous ait fait fuir.

— Non rien. Je ne *feelais* pas, c'est tout. Je suis de retour de Montréal, c'était super-bien ! J'ai appris que vous avez rencontré Audrey. J'ai prévu d'aller voir ma mère à Ussac cette fin de semaine, je pensais qu'on pourrait en profiter pour se revoir?

— C'est une super-idée, je vous envoie l'adresse de la maison.»

Je raccrochai, à peine plus rassuré.

XI

Les onze mille kilomètres depuis Singapour furent une formalité. Le temps soumettait les distances. Le monde redevenait plat. Sa cartographie se dessinait désormais en tonnes de kérosène et de gigabits par seconde. Occupé à tailler la glycine – qui avait la volonté de puissance de cette liane tueuse qu'on appelle *Sipo matador* –, je goûtais la quiétude d'Eiberlacho, loin des sons et lumières des Supertree Grove fluorescents de Gardens by the Bay, la gigantesque cyber-forêt d'une ville-jardin sans terroir.

À chaque retour à Eiberlacho, je m'étonne de la constance des choses, les transformations du monde n'entravent ni la volonté de la nature ni le rythme des saisons. Le moment qui vient compte moins que celui qui précède, comme il y a trois mille ans dans les plaines de l'Euphrate. Demain sera hier. On ne détruit rien, on rénove. Les rumeurs de la ville sont des anecdotes. Posséder quelques prés vous hisse au rang de propriétaire terrien et on se surprend à écouter Nostalgie.

C'est cette expérience du temps qui me réjouit à Eiberlacho, le passé y est encore palpable, le présent est d'une tendresse infinie et le futur reste accessible en quelques heures d'avion seulement.

J'observais les circonvolutions d'un oiseau de proie qui passait sans relâche devant le soleil. L'air était doux, animé par le léger bruissement du grand peuplier. Porté par la brise, l'oiseau planait en silence au-dessus des toits d'ardoises de la grange. Que pouvait-il bien apercevoir à cette altitude pendant que je fouillais mes souvenirs les plus anciens pour retrouver Louise à Eiberlacho. Des images surgissaient, je ne savais plus si elles étaient réelles ou s'il s'agissait de bribes des séances diapositives ou des films huit millimètres qu'on visionnait les fins de week-ends. Je les ordonnais mentalement pour remonter vers les plus primitives. Chaque image en appelait une autre, élargissant sans cesse le cercle de ce festin psychédélique. Plus je creusais dans les tréfonds de ma mémoire, plus les découvertes se bousculaient. L'écho des visages émergeait inlassablement de la substance. Je survolais des décennies et convoquais des personnages enfouis dans les limbes de l'oubli, mais Louise n'était jamais là.

Sortilège de la mémoire, je mesurais l'épaisseur du temps dans des visages disparus, des prénoms, des sourires, des regards. Je comprenais que j'étais né lentement au rythme de ces rencontres, de ces coïncidences.

Inlassablement l'oiseau de proie continuait à tourner au-dessus de la grange. Il défiait l'épi de faîtage rouge vernissé en bulbe d'oignon que surmontait une pointe, mais il ne s'en approchait pas. Je fermai les yeux à la recherche désespérée d'un signe de Louise. Des perceptions encore vives, des odeurs se mêlaient au kaléidoscope des souvenirs. Et les images se télescopèrent. J'avais la sensation d'être allé au bout de moi-même, l'exploration devenait confuse, agitée. Il était temps de revenir.

Un message de Madeline me ramena à la réalité. L'oiseau de proie avait disparu et Louise était toujours invisible.

« SOS ! J'ai bien vu la piscine municipale mais pas les tennis. Je suis devant l'église et mon GPS me fait toutes sortes de niaiseries ! »

Deux minutes de téléguidage la conduisirent à la maison. Elle sortit de sa petite voiture, une bouteille de Red Bull dans une main et son sac dans l'autre.

« Mes indications n'étaient visiblement pas très bonnes !

— Elles étaient impeccables, mais je suis un peu distraite. *Wow* ! Encore une jolie maison aux murs en nougats ! »

Elle entra et sans perdre un instant voulut tout visiter. Cinq heures de route depuis Paris n'étaient pas de nature à éteindre sa curiosité. Elle s'attardait ici et là, étonnée que des objets du bout du monde aient trouvé refuge ici. Elle monta à l'étage, fit le tour des chambres et ouvrit grand les fenêtres à petits carreaux, pour découvrir les différents points de vue sur le jardin. Elle s'attarda longtemps à observer le grand magnolia. Elle sembla désorientée par la distribution des pièces et l'enchevêtrement des terrasses et des cours au point de me demander de l'accompagner jusqu'à sa voiture pour prendre sa valise.

Après quelques détours, elle réapparut dans le *pool house* en maillot deux pièces, un paréo autour de la taille, coiffée d'un chapeau de paille. Elle s'assit au bord de la piscine, trempa timidement la pointe de son pied dans l'eau, trop fraîche à son goût. Un couple de tourterelles l'observait. Madeline battit en retraite et me rejoignit dans l'ombre imparfaite des figuiers. Les tourterelles s'élancèrent dans un drôle de ballet aérien, et rasèrent inlassablement le bassin pour y boire. Rien ne s'opposait à leur danse céleste qui nous accapara jusqu'à ce que Madeline me propose de regarder ses vidéos du Fetish Weekend de Montréal dont elle revenait. Je découvrai ses créations. Un nouveau monde de vamps aux crinières électriques, moulées dans des combinaisons lacées et des corsets, chaloupant haut perchées dans des cuissardes de vinyle. Elle s'extasiait autant de ses créations que des créatures invraisemblables qui les portaient.

« Regarde celle-là comme elle est *sweet* ! Et celle-ci, qu'en penses-tu, elle est pas canon ? »

Komal et Audrey m'avaient l'une et l'autre alerté sur la fragilité de Madeline, mais je ne lisais en elle que gaieté et bonne humeur. Elle prépara des tequilas César délicieuses. Après deux verres, la piscine lui parut beaucoup plus chaude et on se baigna sans retenue jusqu'à ce que le soleil décline derrière les pins. Le bain nous avait ouvert l'appétit. Je rêvais d'une soupe de légumes aux vermicelles dont seule Léontine avait le secret. Je réservai une table pour 7 h 30. Au téléphone, Léontine parut dépitée que je vienne la voir avec une végétarienne. Je lui suggérai de faire simple, sa soupe incontournable, une omelette aux cèpes, une belle salade du jardin, du fromage, et nous serions les plus heureux du monde.

« Mais vous allez avoir faim. J'ai de la brandade de morue toute fraîche, c'est végétarien, ça ! »

L'auberge était en contrebas du bourg, un peu avant le cimetière. Mes parents avaient pris l'habitude d'y dîner presque chaque soir. Je les suivais à vélo et m'époumonais à essayer de dépasser la voiture de mon père. Passé le long escalier et la terrasse ombragée d'un tilleul, on faisait la bise à Léontine. L'œil vif et malicieux, elle nous accueillait invariablement en tablier, un torchon sur l'épaule.

Des effluves de pommes de terre à la graisse d'oie embaumaient l'air. Elle se plaignait toujours un peu, du temps orageux, de la fraîcheur, ou de la désinvolture des jeunes enragés qui semaient le bazar depuis qu'elle avait installé un billard électrique. Mais sous ses apparences bougonnes, Léontine était une fée. Elle faisait mon bonheur, celui de ma mère, qui n'avait pas de repas à préparer, et de mon père, qui trouvait la table toujours à son goût. Avec l'autorisation des parents, je me levais de table pour aller voir les grands, au bar, jouer au flipper. Je les observais, claquer des doigts sur les boutons, bousculer la machine à coups de hanche et faire des allers-retours au comptoir, verres de Ricard à la main, gauloises sans filtre collées aux lèvres. Je m'esclaffais de leurs rires gras, embarrassés de nicotine et de toutes sortes d'expressions inédites que j'essayais de retenir.

C'est grâce à Léontine que j'ai fait la rencontre d'Elsa. Le simple fait de voir Elsa déclenchait en moi une sensation totalement inconnue, indéfinissable. Elle a été la passion de mon enfance, celle qui habite l'adolescence et qu'on ressent encore, des années après, comme un baume d'une infinie tendresse. Le père d'Elsa, d'origine ukrainienne, était membre du Parti socialiste et se présenta aux élections législatives. À douze ans, nous n'attachions aucune importance à ces choses réservées aux grandes personnes. Seuls comptaient pour moi les grands yeux et les longs cheveux noirs d'Elsa. Malheureusement son père perdit les élections et je ne l'ai jamais revue, sauf beaucoup plus tard, sur une photo, à la Une de *Paris-Match*, lors des obsèques de son père devenu Premier ministre.

L'auberge de Léontine contenait le code ADN du village. Artisans, curé, cantonniers, députés, chômeurs, adolescents, ouvriers, journalistes parisiens, agriculteurs, routiers, palefreniers, tous convergeaient vers ce *hub*. Ce qui s'y disait se partageait avant de repartir transformé et amplifié vers les foyers et les commerces du bourg.

Léontine était toujours là, illustre, avec le même regard espiègle. Plus tassée que jamais, les cheveux teints auburn elle avait de faux airs de Régine. Son torchon n'avait pas quitté son épaule et elle portait toujours son tablier. Elle dévisagea Madeline de la tête aux pieds, comme s'il s'agissait d'une extraterrestre, et parut surprise qu'une végétarienne puisse être en bonne santé. Elle nous installa dans la grande salle, autrefois réservée aux mariages. La scène et les décors peints avaient disparu, nous étions peu nombreux à dîner.

Une fois attablés, je m'ouvris à Madeline des événements des derniers jours, sans mentionner l'empoisonnement présumé de Louise ni l'agression de Jehan. Madeline chercha à savoir ce que je connaissais de Louise et ne cacha rien de leurs relations.

Elle comprit que j'avais eu connaissance de son mode de vie plutôt épicé.

« Il faut de tout pour faire un monde, n'est-ce pas ? Chaque saut dans le vide était pour moi une nouvelle expérience. Je m'en remettais à ma bonne étoile et surtout à Louise qui était devenue, au fil du temps, mon ange gardien. Je vais devoir apprendre à vivre sans elle, mais, où qu'elle soit, je suis sûre qu'elle veille sur moi et peut-être même sur toi. C'est drôle, nous sommes tous les deux en quête de réponses, toi à essayer de comprendre pourquoi Louise t'a désigné comme exécuteur testamentaire, et moi à chercher ce qui l'a amenée à me demander de me rapprocher de toi dans sa dernière lettre. »

Quelqu'un derrière moi m'empoigna par l'épaule. Il n'y avait que Lucas pour s'annoncer de la sorte. Visiblement il n'était pas en service.

« Je reviens du foot, j'ai vu ta voiture en passant et comme j'ai quelques nouvelles, j'ai pensé que je pouvais te déranger cinq minutes ! »

Lucas ne me dérangeait jamais, mais la présence de Madeline sembla l'embarrasser. « Ne sois pas gêné, Madeline est informée de toute notre affaire ou presque.

— Alors, comment te dire... le dossier de Jehan Amarzit nous a totalement échappé. Nous avions ouvert l'enquête, mais on a reçu l'ordre de laisser la direction de la Police judiciaire à la manœuvre. Selon la PJ, son agression aurait un lien avec le décès d'une autre victime à Brive, une certaine Louise Carter, une vieille femme dont l'autopsie vient de révéler des traces de polonium. »

Le visage de Madeline se décomposa. Elle s'était crispée sur sa chaise et serrait sa serviette entre ses poings.

« Tu connais le polonium ? Les services secrets russes l'utilisaient pour supprimer leurs dissidents. Deux cent cinquante mille fois plus toxique que le cyanure.

— Mais qui...

— Je n'ai aucune info de la PJ. La rumeur fait état d'une affaire de gros sous. Entre nous je ne vois pas trop le lien.

— Et Jehan ?

— Ce type est aussi solide que le pont du Gard ! Contre toute attente, il est sorti du coma. On en saura plus sur son agression dès qu'il pourra parler. Mais il y a aussi autre chose, on a aperçu le véhicule d'un haut fonctionnaire du ministère de l'Intérieur stationné à côté de chez toi, un certain Armand Voisin ? Si je peux t'être utile, n'hésite pas. Je t'appelle dès que j'en sais plus. »

Lucas nous abandonna pour s'installer au bar avec des connaissances. Madeline prit ma main et la serra fortement. Je lui dis que j'étais désolé pour Louise et que Malika avait effectivement évoqué la possibilité d'un empoisonnement, sans que cela soit encore confirmé. Elle frissonnait, le regard effrayé.

« Allons-nous-en, je ne me sens vraiment pas bien. »

Elle n'attendit pas que je règle l'addition et quitta l'auberge en titubant. Je la cherchai dehors quelques instants. Elle était accroupie devant la voiture et fumait une menthol.

« Ça va aller ?

— J'ai juste des crampes au ventre », dit-elle avant de se redresser et de monter en voiture.

J'essayai de l'apaiser. J'en étais à me demander si je ne l'effrayais pas moi-même.

« Où vas-tu ?

— Je te raccompagne à Ussac, chez ta mère.

— Non, retournons chez toi ! »

Je fis demi-tour, sans commentaire. Elle était dévastée, crispant ses mâchoires, pâle comme un linge, je mesurais pour la première fois sa fragilité. Komal et Audrey m'avaient prévenu, j'assistais en direct aux effets latents de la kétamine sur cet oiseau blessé, shooté au lait de la misère humaine, en proie à la paranoïa, aux hallucinations et aux troubles locomoteurs.

De retour à Eiberlacho, elle s'installa dans le salon et écouta du jazz à s'en saouler. « Qui est cette personne ? me demanda-t-elle brusquement en se penchant sur une photo de Lucie.

— C'était ma compagne.

— Elle est canon ! Pourquoi *c'était* ?

— Je n'ai pas envie d'évoquer ça pour le moment. »

Un peu dépitée, elle alla ostensiblement muser dans la bibliothèque et s'extasia devant un DVD d'*Alice aux pays des merveilles*.

«Tu peux le mettre? J'adore ce film.»

Elle s'allongea sur le divan et se roula dans une couverture de fausse fourrure. Walt Disney l'apaisait. Elle semblait plus tranquille et je l'étais donc aussi. Je lui apportai un verre de vin et m'éclipsai pour aller lire dans ma chambre. La lune miroitait à travers les petits carreaux de la fenêtre. Sa question sur Lucie m'avait troublé. Tout le monde la connaissait ici. Elle était la sensualité, l'évidence de cette maison et jamais personne ne m'avait questionné à son sujet. Madeline n'était pas tout le monde, et je pris conscience qu'une jeune femme n'était pas venue dormir sous ce toit depuis longtemps. Je lâchai prise et je me laissai envahir par un premier sommeil. Vers 2 heures, j'entendis ses pas dans l'escalier. Elle montait se coucher. Je ne me rendormis pas. Les yeux mi-clos, je sollicitais le silence, ce silence d'ici, empreint de particules si denses qu'il finit par vous envahir d'une rumeur profonde et intime à la fois, où l'on entend tout, où l'on comprend tout et où se dessine l'essentiel quand on s'y attend le moins. C'est un silence presque perceptible, un murmure intérieur formé du chant des pierres, de la volonté des arbres, de l'énergie de la terre. Le silence qui m'a toujours aidé à garder le goût du bonheur et à me détacher des vanités de ce monde.

Je me laissai envahir par un souvenir étrange d'Annabelle et Charlotte. C'était une période de canicule. Rebecca, une grande amie de mes filles de Palos Verdes, avait fait le voyage à Eiberlacho pour l'été. Ensemble elles visitaient les clapiers de la ferme voisine pour s'assurer que les lapins ne manquaient pas d'eau. Rassurées, elles étaient allées à l'étang chercher des grenouilles. Chemin faisant, elles se livraient à l'observation des vaches limousines qui broutaient imperturbablement, agitant queues et oreilles pour chasser les mouches. Elles les imitaient, mâchouillant et meuglant à tue-tête. Dans leur jeu, chaque vache avait un nom, elles se les appropriaient, les transformaient en bœufs musqués ou en bisons d'Amérique. Il s'agissait de monter chaque jour de nouvelles expéditions. Et il y avait beaucoup à explorer au royaume d'Eiberlacho, avec la complicité des elfes et des fées. Il y avait tant à faire! Préparer dans le grand pré la piste d'atterrissage du Lockheed Vega rouge d'Amelia Earhart, construire une cabane pour recevoir le célèbre Dr Indiana Jones, professeur et archéologue, sans oublier d'organiser le bal donné en l'honneur d'Audrey Hepburn et de Sandra Bullock qui, de retour de Rome, viendraient à la maison. La musique n'était pas leur problème, elles accompagnaient à leur manière, chacune avec un instrument, au piano, à la guitare et au violon, Hannah Montana et le dernier gagnant d'« American Idole ». Les journées étaient trop courtes.

Après s'être amusées avec les grenouilles de l'étang mes filles avaient décidé de s'aventurer dans les bois pour trouver de la menthe sauvage. Il fallait passer sur les souches, éviter les ronces, se frayer un chemin entre les fougères, escalader les talus, traverser de petits ruisseaux. Dans le sous-bois, la lumière était féerique, et les rayons du soleil des filets d'or.

Alors qu'elles arpentaient un long chemin creux en contrebas d'une ligne de châtaigniers centenaires, le vent se leva subitement et agita la cime des arbres. Il s'engouffra dans le sous-bois en soulevant les feuilles. Un groupe d'hirondelles virevolta au-dessus de leurs têtes. En l'espace de quelques secondes, le ciel se voila. Il faisait de plus en plus sombre. Des éclairs zébraient le ciel, on entendait l'écho du tonnerre dans la vallée. Poussée par je ne sais quelle énergie, Mirette, le docile beagle qui les accompagnait, détala ventre à terre pour se mettre à l'abri. Au loin, tintait la cloche d'Eiberlacho, le signal de Lucie pour leur demander de rentrer.

Tout à coup, dans un énorme fracas, la lourde branche d'un vieux châtaignier se rompit sous la force du vent et s'écrasa brutalement derrière elles, entre les deux talus du chemin, les empêchant de revenir sur leurs pas.

« Mirette ! Mirette ! Reviens ! s'époumonait Annabelle en appelant le chien.

— Ça ne sert à rien, elle est partie, dit Charlotte.

— Je suis sûre qu'elle est allée chercher du secours à la maison. Quand papa la verra rentrer seule, il viendra nous chercher. Il connaît les bois, il nous trouvera.»

Le vent forcissait, un orage éclata, les grêlons impactaient la terre rouge et rebondissaient sur les blocs de granit.

«Mettons-nous à l'abri sous la branche», décida Charlotte.

Le chemin s'était couvert de particules de glace grosses comme leurs poings, il faisait presque nuit. Le ciel n'en finissait pas de tonner avec des grondements effrayants.

«J'ai peur, dit Annabelle.

— Ne t'inquiète pas, on est à l'abri, répondit Charlotte.

— *Oh my gosh*! Il fait tout noir dit Rebecca. Comptons après l'éclair: un, deux, trois, quatre... la foudre est toute proche!

— Il fait noir à cause de l'orage, répondit Charlotte. Nous sommes dans un chemin creux, nous ne sommes pas en danger. Ne vous inquiétez pas de la foudre, elle tombe toujours sur la cime des arbres, nous sommes bien protégées.»

Elle n'avait pas terminé sa phrase, la foudre s'écrasa sur le vieux châtaignier au-dessus d'elles, sur le talus. Les trois filles se serraient les unes contre les autres, la pluie cinglait, giflait les feuillus, un torrent de boue, de feuilles et de bois morts glissait sous leurs pieds. Dans le noir, trempées sous leur abri de fortune, de l'eau jusqu'aux genoux, elles se crurent abandonnées, prisonnières du chemin, pour la première fois de leur vie, elles affrontaient le danger.

Charlotte avait lu des contes et légendes où il était question de chemins creux visités par des brigands, à proximité des villages. L'eau continuait de monter dans le sentier, devenu impraticable. Aidée par sa sœur et Rebecca, Annabelle tenta de se hisser jusqu'à la branche du châtaignier en travers du chemin pour atteindre le pré au-dessus. Charlotte s'était mise à crier : « Aidez-nous ! Mais aidez-nous ! »

À cet instant, la foudre frappa encore le vieux châtaignier dans un vacarme terrifiant, suivi d'un grondement sourd qui propageait une onde lancinante semblant émerger des entrailles de la terre. Le tronc fendu se mit à répandre des fumerolles bleutées. Éblouies, le regard figé vers le haut du talus, elles étaient prisonnières d'un champ électrique crépitant et étincelant. Des feux follets tournoyaient autour d'elles et se mélangeaient jusqu'à dessiner d'étranges formes. Elles crurent voir l'expression animée d'un doux visage féminin qui leur souriait tendrement, puis s'éleva pour s'évanouir dans des volutes violacées. Toutes les trois partagèrent cette vision enchantée. Impossible de dire combien de temps cet état dura, mais leur peur s'apaisa, la pluie cessa et la lumière d'été revint, filtrant progressivement entre les feuilles luisantes des châtaigniers.

Une clochette tintait.

« Mirette, c'est Mirette je l'entends ! », dit Annabelle.

En haut du talus, le petit beagle faisait des allers et retours en gémissant et sautillant sur ses pattes avant.

« *Yes* ! s'exclama Charlotte, j'étais certaine qu'elle reviendrait ! »

Puis dans le contre-jour, une grande silhouette approcha.

« Qu'est-ce que c'est ?

— Papa, c'est papa ! Papa ! criait Annabelle.

— Alors, les exploratrices, comment ça va ? »

Les filles se mirent à hurler de joie.

Sur le chemin du retour, réconfortée par ma présence, la petite troupe menée par Mirette racontait son aventure en s'efforçant de contenir au mieux son émotion, les filles s'arrêtaient pour faire d'énormes câlins à la chienne qui donnait gentiment sa patte et léchait généreusement leurs visages.

« Tu nous as sauvé la vie, tu es le meilleur chien du monde. Papa, elle nous a sauvées !

— Mais papa, comment tu nous as trouvées, comment savais-tu que nous étions là ? Mirette est venue te chercher, c'est ça ?

— Votre mère s'inquiétait. Ne vous voyant pas revenir à Eiberlacho et l'orage menaçant, je suis allé à l'étang. Je me suis enfoncé dans les bois à votre recherche. À la fourche du chemin de Fonchaude, j'ai pris instinctivement à droite vers les prés Saulière, et voilà ! L'important est que nous nous soyons retrouvés et que mes trois fripouilles soient là, saines et sauves. »

À Eiberlacho, le voisinage venait prendre des nouvelles des petites rescapées et se perdait en commentaires sur la démence de l'orage. Les plus anciens n'avaient pas le souvenir d'un tel cataclysme. L'épopée des jeunes filles s'était répandue dans toute la commune. En fin de journée, après s'être occupés de leurs bêtes, Pierre et sa femme Romie, précédés de leur chienne Mirette, entrèrent par l'allée arrière bordée d'oliviers. Pierre tirait sur la castine une brouette pleine de victuailles soigneusement enveloppées dans des linges écrus bordés d'une bande rouge.

« Assez d'émotions pour aujourd'hui, on apporte le dîner ! »

Tout était redevenu calme. Quelques ardoises tombées du toit et des branches cassées répandues dans le jardin attestaient les événements de l'après-midi. Le ciel était pur, lavé, teinté des derniers feux du couchant. La grande table nous attendait, sous le vieux magnolia, une soupe trempée au pain noir, des grillons et du petit salé accompagné de farcidure. Les filles attaquaient un clafoutis avec l'idée d'une compétition de crachat de noyaux, Mirette s'enfuyait la queue entre les jambes avec le reste d'un saucisson dans la gueule, les femmes parlaient, avec Pierre et mon ami Didier qui nous avait rejoints on essayait de voir le rayon vert.

Je suis encore surpris d'avoir retrouvé les filles si facilement dans ces bois si profonds. Une fois de plus, la petite lumière intérieure avait été favorable. Qu'avaient-elles vraiment vu ? Quelle était cette représentation fantastique, ce visage féminin ? Je me souvenais de Jehan qui évoquait les croyances de Germain, la présence de sa fille Odile dans ces lieux et sa capacité à communiquer avec elle, tant d'années après sa mort.

Doucement, la porte de la chambre s'est ouverte.

« Tu ne dors pas ?

— Non, je pensais à plein de trucs.

— Moi aussi ! », dit Madeline.

Elle s'approcha de la fenêtre.

« Ce magnolia est féerique. Il est encore plus imposant de nuit. Avec les étoiles et les lumières de la ville au loin, on dirait qu'il est décoré pour Noël. »

Elle resta plusieurs minutes et s'assit même sur le rebord de la fenêtre, à contempler ce que révélait la nuit.

« C'est dingue ! Tout est si paisible et pourtant si habité.

— Il n'y a que nous !

— Oui et quelques milliards d'étoiles qui nous observent ! À l'abri de ces gros murs, j'ai l'impression que rien ne peut nous atteindre. Il y a de bonnes ondes partout.

— Tu sais, j'ai mis la maison en vente... »

Elle se mit à crier.

« *No way* ! Ce n'est pas une option. Oublie ça ! Tu ne peux pas te séparer d'un lieu pareil. Et puis, il n'y a pas que ça !

— Quoi ?

— Louise a vécu ici. »

J'ai dû avoir l'air tellement interdit, stupide, qu'elle a tout de suite enchaîné.

« Écoute, j'adore déconner, mais, là, je suis sérieuse. Louise écrivait ses Mémoires. Elle avait tenu à nous les faire lire, en précisant que le manuscrit n'était que pour nos yeux, qu'il ne devait jamais tomber dans la sphère publique. Nous n'y avions jamais attaché beaucoup d'importance, non pas par indifférence ni par manque de curiosité, mais simplement parce que nous étions si proches d'elle que nous n'avions jamais éprouvé le besoin de le lire. Lors de mon dernier déplacement à Chennai, Komal m'a proposé de l'emporter. Elle pensait qu'il serait mieux préservé en France que chez elle. Je l'ai donc pris et je l'ai entreposé chez ma mère, à Ussac, comme toutes les choses auxquelles je tiens. Lorsque j'ai reçu le courrier de Louise qui me recommandait de me rapprocher de toi, je n'ai vraiment rien compris. Quand elle est morte, je n'ai pas arrêté de me demander pourquoi. C'est finalement en parcourant son manuscrit que j'ai commencé à en saisir le sens, même si tout n'est pas complètement clair pour moi. J'ai découvert que Louise avait habité ici, à Eiberlacho, c'est bien le nom de la maison, n'est-ce pas ?

— C'est à la fois le nom du hameau et de la maison.

— Cet immense magnolia était son arbre. Il a tout vu, tout entendu. Elle disait qu'il l'observait. Elle l'adorait, au point de s'y livrer nue, chaque printemps, écrivait-elle, pour s'étendre sur son lit de pétales. Je me souviens de ses mots, elle s'y roulait comme sur des vagues, dans l'écume pourpre de cet océan végétal. Ton grand-père Germain avait décrété que le magnolia lui appartenait. C'était sans doute une façon de lui dire qu'il l'aimait et que leur amour s'était enraciné ici ! C'est *chill*, non ?

— Je tombe des nues ! Mon grand-père ! Mais dis-moi, ce manuscrit devrait m'aider à comprendre pourquoi Louise m'a désigné comme exécuteur testamentaire ?

— Je ne l'ai pas lu sous cet angle, mais peut-être.

— Allons le récupérer chez ta mère.

— Ce n'est pas une bonne idée du tout !

— Écoute, d'après la police, tant que je ne débloque pas les fonds je ne risque rien. Enfin, personne n'en sait rien. Au début, j'étais surtout inquiet pour mes filles, je ne voulais pas qu'elles soient exposées. Juste avant mon départ pour Singapour, mon amie Alicia les a accueillies chez elle en Espagne, le temps que toute cette histoire se décante. Là-bas, elles sont en sécurité, elles connaissent Alicia depuis toujours, elles font du surf, progressent en espagnol et découvrent la région. Moi, je reste prudent dans mes déplacements. Comme on ne sait ni à qui ni à quoi on a affaire, il est très difficile d'anticiper quoi que ce soit. Mais ça n'empêche pas de faire un saut chez ta mère pour récupérer le journal.

— Je ne veux pas jouer à la jeune pousse rebelle, mais si tout est à craindre des agresseurs de Louise et de Jehan, je me méfierais aussi de la police.

— Pourquoi la police ?

— Il se peut que tu serves d'appât à ce qui est une organisation criminelle. Tu es en danger, comme l'étaient Louise et Jehan. On ne peut pas exclure que la police attende qu'ils t'approchent pour les attraper. Pense à ce type du ministère de l'Intérieur. Que faisait-il devant chez toi ? Tant que ces gens sont dans la nature, tu ne peux faire confiance à personne. Tu m'entends, à personne ! Et je serais toi, je ne bougerais pas.

— OK, mais peut-être que, à défaut de lire ce manuscrit, nous pourrions en parler ?

— Oui, mais allons dehors. »

Les romarins embaumaient la nuit tiède et la crête des arbres s'étirait vers des milliards de points lumineux. Nous parlions à voix basse, comme pour ne pas troubler le silence des étoiles. Madeline tournoya lentement autour du vieux magnolia, caressa délicatement son tronc et l'enlaça.

«Je ressens ici la présence de Louise partout, chuchota-t-elle. Elle aimait tellement cet endroit. Promets-moi, vraiment, de ne jamais t'en séparer.

— La conservation du passé ne rend pas la mémoire plus vivante.

— Tu ne comprends pas ! Je ne te parle pas de biens transmissibles, je te parle d'énergies. Ce lieu en est plein. L'énergie dont nous sommes faits et qui nous entoure contient tout ce qui nous a précédés, comme les étoiles contiennent toute l'énergie de la Création. Ce lieu est une capacité, une aptitude à comprendre le monde, à l'explorer. Regarde ce grand magnolia, on croirait qu'il est immobile, ancré dans sa terre, et pourtant il déploie avec patience ses racines, loin, très loin, autour de nous. Il se nourrit, il ressent les choses, il communique, il est la force des œuvres lentes de la vie.»

Je découvrais encore une nouvelle facette de sa personnalité. Madeline était comme un Rubik's Cube.

« Tu ne vois pas que ce lieu est très spécial ? Nous sommes sans doute à un point culminant de la région, les arbres ont des développements incomparables et ce magnolia puise sa force dans la source qui alimente le puits. Regarde la position des étoiles au-dessus de nous, elle reprend exactement l'empreinte des bâtiments de la maison. »

Madeline pointa du doigt le « F » inversé que dessinaient les astres. Je regardai, stupéfait.

« Ceux qui ont construit cette maison se sont sans doute inspirés de ce que nous voyons ce soir. »

Elle me parla ensuite de la puissance de la nature, puis de l'hydrogène et de l'hélium qui constituent la matière de l'univers et aussi celle du corps humain. « Nous sommes des poussières d'étoiles. Comme elles, nous sommes faits d'eau et de soleil. Et nous rencontrons parfois des champs énergétiques si puissants qu'ils décuplent notre pensée et nos sens au point de nous faire voir et ressentir ce que les autres ne voient pas. Eiberlacho est un de ces champs énergétiques ! »

XII

Alors, Madeline me raconta Louise. Tout était si calme que les murs, les arbres, le vent et tout ce que la nuit cache semblait nous écouter.

Louise explique dans ses Mémoires qu'elle a vécu presque deux ans ici, à Eiberlacho, auprès de Germain. Ils se rencontrent pour la première fois en août 1912 à Varetz, lors d'un meeting aérien organisé par Henry de Jouvenel, le rédacteur en chef du *Matin*. Germain est un ami des Jouvenel, qui ont racheté la propriété de Castel Novel à la famille d'Aubusson.

On est au début du mois d'août, trente mille personnes se sont déplacées pour assister aux prouesses de Roland Garros, Jules Védrines, Octave Vergniault et Marcel Chambenois. Louise est venue de Paris en train avec son mari. Elle a dix-huit ans, il a dépassé la quarantaine. Il est ingénieur en électricité et se passionne pour le développement de l'aviation. La chaleur est étouffante ce jour-là, Louise sent le sol se dérober sous ses pieds, elle perd connaissance au milieu de la foule. Le hasard veut que Germain lui porte secours. Il est pharmacien et remarque tout de suite que l'évanouissement de Louise n'est lié ni à la chaleur ni à la fatigue du voyage. Elle est opiomane.

Dans ses Mémoires, Louise raconte qu'elle a commencé à prendre de l'opium avec les poètes et les sculpteurs qu'elle fréquentait dans son adolescence de bohème, elle sortait de l'Assistance, jeunesse chargée. Mais après son mariage, elle refuse de reconnaître sa dépendance et parle d'activités récréatives. Elle se ment à elle-même, et elle ment à son mari qui ignore tout de sa toxicomanie.

Le jour de leur rencontre, il se passe quelque chose de très étrange entre Louise et Germain. Quand elle reprend ses esprits, ils sentent immédiatement une attirance dangereuse l'un pour l'autre. Jamais ils n'ont fait l'expérience de sentiments d'une telle force. Dans ses Mémoires, passage récité par Madeline, elle décrit cet instant: «Une vague de chaleur s'empare de mon corps, je ne contrôle plus rien, comme si nos âmes se connaissaient, s'aimaient depuis toujours et venaient de se retrouver.» Mariés l'un et l'autre, ils n'ont d'autre choix que de contenir leur passion.

Germain vient de mettre au point un traitement efficace pour lutter contre les effets de l'alcoolisme qui fait des ravages parmi les ouvriers des ardoisières d'Allassac et de Travassac, dont une partie de la paie est réglée en vin ! Son traitement, associé à des calmants qu'il prépare lui-même, fait des miracles sur Louise. Il s'organise pour lui livrer ses élixirs de santé, à Paris, tous les mois et dans le plus grand secret. Au bout d'un an, Louise est entièrement désintoxiquée. Elle lui écrit chaque jour, pendant deux ans, tout aussi secrètement.

En 1914, Germain est mobilisé pour la « der des ders ». Louise vient de s'installer à New York avec son mari dont les affaires d'électrification d'usines prospèrent. Au début des Roaring Twenties, la demande industrielle d'électricité pour remplacer la vapeur est telle que le mari de Louise bâtit aux États-Unis une immense fortune. Louise joue à la *flapper girl*, coiffée à la garçonne, riche et affranchie, elle fume en public et danse le charleston. Mais elle se lasse vite de cette vie et s'inscrit à l'université Columbia. Un nouveau monde s'ouvre à elle, passionnant, elle n'en sortira jamais.

Son mari meurt en janvier 1926, un accident de voiture, dû au verglas, lors d'un déplacement en Pennsylvanie. Quelques mois plus tard, Louise organise un voyage en Europe pour soutenir sa thèse sur les addictions. Elle n'a pas de famille en France, personne ne l'attend sur le vieux continent, mais elle veut revoir Germain. La rencontre a lieu lors d'une conférence à la faculté de médecine de Bordeaux où Germain intervient avec d'autres anciens étudiants. Il lui apprend qu'il est veuf et qu'il a perdu sa fille, Odile. Elle lui dit que son mari est mort. Il n'y a plus d'obstacle à leur amour. Ils vivent deux ans de passion et de travail, entre la pharmacie et Eiberlacho. Ils élaborent ensemble des protocoles de traitements contre l'alcoolisme et les dépressions. Elle l'aide dans ses préparations et rédige sa thèse. Il lui fait découvrir, écrit-elle dans ses Mémoires, « la force de l'esprit, la puissance insoupçonnée de la nature, l'enseignement de médecines nouvelles et la foi, pas la foi en une religion élaborée par les hommes, mais dans la part de divin et de spiritualité présente dans chacun d'entre nous ».

Là encore, Madeline m'avait récité par cœur ce passage des Mémoires. Elle me raconta aussi la jeunesse de Louise, son enfance difficile, l'orphelinat, fleuriste, laveuse de bouteilles chez Félix Potin, puis bonne à tout faire dans une grande brasserie parisienne. Elle avait fini par chanter dans la rue, poser pour des peintres et des sculpteurs. Tantôt modèle, parfois maîtresse, elle avait commencé d'abuser des narcotiques. Belle, sans argent ni famille, elle n'avait pas d'autre choix que de devenir danseuse dans un cabaret de Montparnasse où elle rencontra celui qui allait devenir d'abord son bienfaiteur, puis son époux.

Je comprenais en découvrant le parcours de Louise son attachement pour Madeline et sa tolérance pour son mode d'existence.

« Son mari a été son bienfaiteur, conclut Madeline, il lui a donné de vivre sans avoir à se soucier du lendemain et de s'installer à New York à une époque où tout était encore possible. Il lui a fait reprendre le chemin de l'école, il l'a poussée à étudier à Columbia. Mais Germain resta toujours son grand amour, celui qu'on croise une fois dans sa vie ! Elle le sut dès le jour de leur rencontre à Varetz lors du meeting aérien.

— Mais pourquoi leur passion n'a duré que deux ans ? », demandai-je.

Selon Madeline, la vie appelait Louise en dehors du cocon d'Eiberlacho. Germain l'encouragea à continuer son envol, il pensait qu'elle avait encore beaucoup à accomplir. Il pressentait qu'un si bel esprit, grandi par de nouvelles expériences, ne pouvait se contenter de rester sur place. Louise n'était pas d'ici, ne voulait pas d'enfant et n'envisageait pas son existence comme celle des couples traditionnels. Son amour pour Germain fut si large qu'elle accepta très bien qu'il puisse un jour se remarier et avoir de nouveau des enfants. Ils se considéraient comme jumeaux cosmiques et ne ressentaient pas le besoin de se voir chaque matin pour entretenir leurs sentiments.

« Tu te rends compte, quarante ans avant la révolution sexuelle, dans cette région isolée, leur couple était plus moderne que la plupart de ceux d'aujourd'hui. C'est inouï !

— C'est à peine croyable ! Mais qu'a-t-elle fait par la suite ?

— Louise serait repartie à Columbia en novembre 1928 pour soutenir sa thèse. La "grande dépression" l'obligea à se concentrer sur les affaires héritées de son mari. Son énergie et sa capacité à bien s'entourer permirent à l'activité industrielle de perdurer, si bien qu'en 1935 les moteurs électriques Carter étaient omniprésents dans l'industrie lourde de la côte est. »

Je l'écoutais, captivé par ses propos. Ce n'était pas un songe. Madeline était bien là, allongée sur un transat, sous les étoiles et inspirée par la nuit. Sa voix rauque me rappela que nous étions bien sur terre :

« Je cogne des clous, dit-elle en bâillant si longuement que je me mis à l'imiter. On pourrait peut-être continuer tout ça demain ? », suggéra-t-elle.

Elle m'embrassa sur le haut du front et partit se coucher. J'observai sa frêle silhouette s'éloigner dans la douceur de la nuit. Qui était véritablement Madeline ? Une apparition de Louise ? Elles se confondirent un instant. Le voile du mystère de Louise commençait à se lever avec le chant de l'aube qui timidement s'annonçait.

Le lendemain, je trouvai dans la cuisine un mot de Madeline. Elle était partie accueillir Audrey qui lui avait fait la surprise d'arriver par le train. Elle prévoyait de passer voir sa mère à Ussac et reviendrait en fin d'après-midi avec Audrey; si cela ne me dérangeait pas. J'appelai Lucas pour prendre des nouvelles de Jehan. Contre toute attente, son état de santé s'était amélioré et mon ami gendarme me proposa de l'accompagner pour une visite à l'hôpital en début d'après-midi.

Le policier en faction devant la chambre s'enquit de mon identité auprès de Lucas, puis nous laissa entrer. Une infirmière finissait de changer les pansements de Jehan.

« Cet homme est un roc, dit-elle en lui souriant. Encore quelques jours à patienter et vous serez sur pied. Ne le fatiguez pas trop, vos collègues l'ont épuisé ce matin en l'assommant de questions. »

Même amaigri, le teint blafard, Jehan avait le regard d'un homme aux pensées claires. Il chercha à se redresser. Lucas positionna des oreillers derrière son dos et l'aida à s'asseoir. Jehan ne disait rien, concentré sur ses mouvements.

« On vous croyait mort quand on vous a ramassé en contrebas du canal des Moines ! », lui dit Lucas.

Jehan sourit.

« Quand on a cru mourir hier, aujourd'hui est merveilleux, n'est-ce pas ? À mon âge la mort n'est plus un événement, c'est le cycle naturel du vivant de s'éteindre, à plus ou moins longue échéance.

Nous avons un début, il est normal d'avoir une fin, à chacun d'utiliser au mieux ce qui se trouve entre les deux. Vieillir fut pour moi un long privilège, mais tout finit par disparaître, seul le cancer subsiste...»

Lucas l'écoutait ne sachant trop qu'ajouter, il posa sa main sur son épaule et murmura: «Ne vous tracassez pas, nous retrouverons vos agresseurs.»

Jehan reprit son souffle.

«Laissez donc courir ces petits voleurs!

— Détrompez-vous, vos agresseurs sont sans doute les mêmes que ceux qui ont empoisonné Louise Carter, on ne va pas laisser ces criminels en liberté!

— L'œuvre de Louise était terminée, elle a transmis ce qu'elle avait à transmettre et je ne serais pas étonné qu'elle se soit empoisonnée elle-même pour mettre fin à ses jours. Elle commençait à développer les premiers symptômes de la maladie d'Alzheimer. Sa vie fut extraordinaire, elle n'aurait jamais accepté une dégénérescence de ses facultés cognitives. Louise était faite de volonté et de passion, elle ne pouvait se contenter de durer avec une activité de conscience éclatée. À cent vingt ans, il était temps pour elle de partir.

— Vous voulez dire cent deux ans, reprit Lucas.

— Non, non, cent vingt ans!»

Lucas n'insista pas. Il posa doucement quelques nouvelles questions sur les agresseurs. Jehan resta un long moment absent, à regarder ses doigts. Un médecin entra. «Je vois que vous êtes très populaire, monsieur Amarzit! Vous avez encore de la visite?»

Il attrapa la fiche médicale suspendue au pied du lit.

«Vous allez beaucoup mieux, mais il vous faut du repos. Messieurs, il est temps de laisser votre ami!»

J'observai la fiche que le médecin tenait en main. À la ligne «Âge du patient», il était inscrit «111».

En sortant de la chambre avec nous, le médecin me prit par le coude.

«Votre ami est incroyable, je n'ai jamais vu de patient comme lui. Il y a trois jours, il était dans le coma à la suite d'un traumatisme crânien et couvert de contusions, nous pensions ses dernières heures arrivées. Contre toute attente, il a repris connaissance, ses hématomes sont presque tous résorbés, il cicatrise à la vitesse d'un adolescent, ne souffre pas, ne se plaint pas de ses fractures et ses bilans sanguins sont corrects. Sa résilience est hors du commun. Cet homme est un mystère.

— Tout comme son âge, cent onze ans c'est incroyable, non?

— C'est l'âge qui était inscrit sur ses papiers quand les urgentistes l'ont amené. Il doit certainement s'agir d'une erreur. Je ne pense pas qu'il ait plus de quatre-vingt-cinq ans.»

Lucas était troublé par le mystère que Jehan entretenait à propos de ses agresseurs et par ses confidences au sujet du suicide de Louise. Pour moi, c'était son âge, je ne croyais pas à une erreur. Comment aurait-il pu restituer les souvenirs d'Odile, la première fille de Germain, qui s'était éteinte il y a plus de quatre-vingt-dix ans s'il n'en avait lui-même que quatre-vingt-cinq ? Je commençais à entrevoir que cette invraisemblable longévité était une des clefs du mystère de l'affaire Louise Carter.

De retour à Eiberlacho, je repensais aux propos de Jehan sur ses agresseurs : *Laissez donc courir ces petits voleurs*. Il ne croyait pas non plus à l'empoisonnement de Louise qui, selon lui, se serait suicidée. Aussi ses mots *seul le cancer subsiste...* m'intriguaient. Ce n'était pas la première fois qu'il employait le terme de *cancer* comme s'il désignait, sans le nommer, quelque chose ou quelqu'un de néfaste. Il s'agissait d'une mise en garde. Jehan ne disait pas tout !

On sonnait. C'était l'agent immobilier. Il était passé trois fois en deux semaines, sans succès. Je lui expliquai que j'avais dû faire des déplacements imprévus et l'invitai à venir sur la terrasse.

« Je tenais à vous rencontrer en personne, car j'ai là une proposition que vous ne pourrez pas refuser ! Elle émane d'une famille d'industriels très établis.

— Je les connais ?

— Ils ont tenu à garder l'anonymat. La proposition est signée par leur gestionnaire, une société comptable.

Je vous laisse le soin d'en prendre connaissance, dit-il en me tendant les documents.

— Ont-ils visité les lieux?

— Non, mais ils doivent sans doute bien connaître la propriété pour faire une telle offre. Pour tout vous dire, je pensais qu'il s'agissait d'une de vos relations.

— Croyez-vous vraiment qu'une de mes relations serait passée par une agence et aurait gardé l'anonymat en pareille circonstance?

— Si vous saviez, cher monsieur, nous voyons tellement de choses curieuses dans notre métier.»

En plus d'être suffisant, il était stupide.

«Vous n'ouvrez pas l'enveloppe?», demanda-t-il avec impatience.

J'allais céder à sa demande lorsque Madeline fit son apparition avec Audrey. Elle avait des bouquets de roses plein les bras et des écouteurs autour du cou.

«Salut, dit-elle. Tu as passé une belle journée? On vient apporter du soleil dans la maison!»

Je les présentai à l'agent immobilier. Sans se démonter, Madeline prit un air tout à fait étonnée.

«Mais, chéri, tu n'as pas dit à monsieur que la maison n'était plus à vendre?

— Heu... non...

— Je comprends bien vos hésitations... une si belle demeure. Mais quand vous prendrez connaissance de la proposition pour ce bien, vous ne pourrez pas la refuser. J'ai, du reste, réduit ma commission de cinq à deux pour cent. »

Madeline ne lâchait rien. Elle expliqua, avec un aplomb phénoménal, qu'elle venait d'acheter la maison et que son offre était arrivée malheureusement trop tard. Je me retenais pour ne pas éclater de rire.

« Mais vous n'aurez jamais une occasion comme celle-là, vous ne pouvez pas refuser une telle proposition », contesta l'agent immobilier.

Madeline devenait piquante, elle s'exclamait debout sur la pointe des pieds, le buste en avant pour tenter d'en imposer encore plus à son interlocuteur qui devait faire trois têtes de plus qu'elle :

« Mais enfin, ça n'a pas d'allure ! Je vous conseille, monsieur, de cesser immédiatement vos niaiseries *fuss*, cette maison est vendue, c'est désormais ma propriété et elle n'est plus à vendre *fuss*. Au revoir monsieur ! »

Dépité, anéanti par la charge de Madeline, l'agent prit le chemin du perron.

« Si jamais vous changez d'avis ma carte est dans le dossier. »

À peine avait-il passé le seuil de la porte que nous partîmes dans un fou rire contagieux. « *No way, it is not an option fuss*, cette maison n'est plus à vendre *fuss*, au revoir monsieur *fuss* ! » Madeline rejouait la scène en boucle pour notre plaisir. On s'esclaffait. Il y avait longtemps que je n'avais pas ri comme ça, d'un rire à couper le souffle, sans contrôle, à la limite des larmes. Elle s'était mise à danser et lâchait d'étranges et incompréhensibles *woot woot bit bit* de joie puis nous invita à dîner pour célébrer sa nouvelle acquisition.

Il lui fallut au moins trois quarts d'heure pour se préparer, ce qui laissa à Audrey tout le temps de s'installer dans sa chambre, de boire un verre et de me tenir compagnie pendant que j'allumais un feu de cheminée. Madeline apparut alors dans une robe tube à bustier en mousseline noire, avec un boléro rouge noué au-dessus de la taille et un collier de chien autour du cou. Elle portait des bas et des chaussures à talons hauts, qui l'élançaient. Le feu crépitait dans le cantou et des ombres orangées dansaient sur les murs. Elle nous rejoignit dans la pénombre cuivrée du foyer. L'atmosphère se sensualisa. Il y avait dans sa présence quelque chose de solaire et d'érotiquement très puissant. Audrey la dévorait du regard et frissonnait comme un chat prêt à bondir sur sa proie.

« Qu'est-ce qui ne va pas ? questionna Madeline.

— T'es super-sexy, Lou, c'est juste qu'à côté de toi je me sens horriblement ordinaire.

— Pauvre chaton !

— Accordez-moi cinq minutes », dit Audrey.

Elle disparut à son tour, puis revint dix minutes plus tard, délicieusement apprêtée, tout aussi renversante que Madeline, en jean moulant avec un chemisier de soie blanc très décolleté.

Madeline avait fait une réservation dans une brasserie où elle avait apparemment ses habitudes et était certaine de trouver des plats végétariens. Avant de partir, par prudence, on laissa les pièces éclairées et un fond de musique dans la maison. Madeline me demanda de m'allonger un instant sur la banquette arrière de sa voiture, le temps de vérifier que personne ne nous suivait. On prit la route départementale et en moins d'un quart d'heure nous étions au restaurant qui était situé à proximité de la halle Georges-Brassens, derrière le grand théâtre de la ville. Le dîner passa avec la nonchalance du bonheur. On se divertissait de tout et on s'esclaffait de rien. La compagnie de Madeline et d'Audrey était un baume d'insouciance et de joies. Nous trinquions au plaisir d'être ensemble, je découvrais leur complicité et leur insatiable passion pour les cocktails, qui excédait de très loin leur tolérance pour l'alcool. Il n'était plus question du meurtre de Louise ou de l'agression de Jehan. La conversation s'animait, futile et légère. Nous étions bêtement heureux. Trois heures de plaisir, six cocktails, deux bouteilles de bordeaux et six verres de vieux porto s'écoulèrent sans une seconde d'ennui. Il était temps de regagner Eiberlacho tant que nos forces le permettaient. Madeline se proclama, avec raison, dans l'incapacité de conduire et me lança ses clefs sans douter une seule seconde de mon aptitude à prendre le volant. Bras dessus, bras dessous elles s'installèrent complices sur la banquette arrière à enchaîner leur *private jokes* qui alimentaient des salves d'éclats de rire intempestifs.

J'ajustai l'itinéraire à mon alcoolémie, en choisissant des petites départementales. Après quelques kilomètres leurs rires vacillèrent en soupirs, entrecoupés d'étranges silences. Je suivais la trouée de lumière que les phares traçaient dans la futaie. Tout était calme, si étrangement calme que je cherchai du regard leurs visages dans le rétroviseur. Je vis Audrey, chemisier ouvert, qui embrassait Madeline, abandonnée de plaisir, les yeux mi-clos. Audrey s'aperçut que je l'observais et me fit la grâce d'un sourire complice. Conduire devenait un dangereux supplice, et ce spectacle extravagant dura jusqu'à notre arrivée à Eiberlacho. Elles se rhabillèrent très approximativement avant de sortir de la voiture et, bien que toujours éméchées, elles essayèrent de parler normalement, comme si rien ne s'était passé. Je les remerciai pour cette bonne soirée, surtout la fin. Elles pouffèrent de rire, avec des mines de petites filles confuses et s'excusèrent de m'avoir soumis à si dure épreuve. Les yeux d'Audrey prirent une flamme tendre, elle m'enlaça.

« *Thank you so much* pour la soirée, c'était très distrayant et on s'est vraiment bien amusées. J'espère qu'on n'a pas été trop *nasty*. Bonne nuit, *sexy cat*, et surtout, fais de doux rêves ! »

Elle monta l'escalier et demanda à Madeline si elle venait se coucher. Madeline la rejoignit au milieu des marches, la prit dans ses bras, l'embrassa passionnément.

«Non Lou, pas ce soir, je crois que je vais varier les plaisirs.»

J'imaginai Madeline qui me rejoignait devant l'âtre. Les dernières bûches finissaient de se consumer, la pièce était plongée dans la pénombre et s'animait des lueurs orangées qui vacillaient sur les poutres.

«J'espère que tu ne nous en veux pas pour le retour en voiture. Ça nous arrive avec Audrey, surtout lorsque l'on ne s'est pas vues depuis longtemps. Je n'avais pas l'intention de lui faire cette petite danse ce soir, avec toi à côté, mais j'avais un peu trop bu. Audrey m'a surprise, je n'ai pas su lui résister longtemps. Avoue qu'elle est très belle!

— Ce n'était pas gênant, mais beaucoup trop excitant.

— Ah oui, pour de vrai? Mais c'était tellement sexy pour nous de te savoir là, devant, à nous entendre faire nos trucs dans le noir.

— Ça t'arrive souvent... Je veux dire, avec des femmes?

— Ça m'arrive, je peux être dangereusement vilaine si je suis dans le *mood*. Mais j'aime aussi les beaux chatons», dit-elle en approchant ses lèvres contre les miennes.

Madeline me demanda de prendre les bouquets de roses qu'elle avait apportés, et m'entraîna dans la chambre contiguë à celle d'Audrey. Elle choisit sur la *playlist* de son téléphone un remix de *Seven Nation Army*, effeuilla délicatement chaque rose et tapissa le lit de pétales pourpres.

« Il n'y avait pas de fleurs de magnolia, alors j'ai pris ces roses. »

Sans se déchausser, elle me demanda de déboutonner sa robe et la laissa glisser le long de ses hanches jusqu'à ses pieds. Elle chercha un instant sa petite culotte et réalisa qu'elle l'avait probablement laissée dans la voiture. Elle avait, comme Audrey, deux petits cœurs tatoués en bas de l'aine. Elle m'entraîna dans la fraîcheur du lit de roses, s'allongea sur moi, agrippa mes poignets, écarta mes bras et m'embrassa.

« *You are my victim*, laisse-moi te torturer *with kindness.*

— Tu ne tortures donc pas que les jeunes femmes ?

— Je suis beaucoup plus versatile que tu l'imagines... Depuis quand le plaisir serait-il une question de genre ?

— On va réveiller Audrey ! »

Je ne sais pas combien de temps s'écoula. Nous étions échoués l'un dans l'autre sur ce tapis de roses. Puis sa voix rauque murmura quelque chose d'inaudible. Je l'écoutais à peine, enivré par les délices de sa chair et l'érotisme de sa mise en scène. Elle vint se lover contre moi. « J'adore faire la cuiller, ça ne te dérange pas ? »

Tout était calme dans la maison, les bouquets de roses embaumaient le salon. J'éteignis les éclairages extérieurs. Le parfum de Madeline planait. Il avait ce soir la saveur musquée de la peau d'Audrey. L'enveloppe de l'agent immobilier était toujours là sur la table de la terrasse, en attente, suspendue au hasard opiniâtre des circonstances. Je me décidai à l'ouvrir. Je crus tout d'abord à une faute de frappe. 15 millions ! Mais le chiffre 15 était également indiqué en toutes lettres : « quinze millions d'euros » et un chèque d'acompte de cinq pour cent était agrafé à la proposition.

Cette nuit inédite persistait à dévoiler son flot de surprises insensées. Celle-ci était de taille ! J'attendis pendant des heures les premières lueurs du jour pour m'assurer que je ne rêvais pas.

XIII

Madeline et Audrey prirent la route vers midi. Je me surpris à laisser filer ce « Soyez prudentes ! », dédicace des départs réservée à ceux qu'on affectionne.

« T'inquiète, je *feele* dangereusement bien, répondit Madeline, qui s'attardait sur mon regard, tandis qu'Audrey agitait son bras par la portière.

— À très vite, *sexy cat*, prend bien soin de toi ! »

L'auto disparut dès le premier virage. Seuls subsistaient son murmure et la saveur des jeux audacieux des anges d'Eiberlacho. Dans la nuit noire qui avait précédé cette journée aussi extravagante qu'insensée, nous étions parvenus, Madeline et moi, à percevoir une première étoile, celle de Louise Carter qui illuminait la vie de Germain, à Eiberlacho, précisément. À l'évidence, leur amour se nourrissait d'une attirance aussi obstinée que l'était leur complicité, mais aussi de quelque chose de plus grand qu'eux, qui avait probablement pris sa source ici, avant d'accompagner le chemin de Louise.

Mon portable sonna, c'était Lucas.

« Un drame est arrivé ! L'agent de police, chargé de la surveillance de Jehan à l'hôpital, s'est trouvé face à un type en train de l'étouffer avec un oreiller. L'agent n'a pas eu le temps d'intervenir et a pris une balle dans l'abdomen qui lui a été fatale. Pour protéger sa fuite le criminel a pris une infirmière de garde en otage et a disparu.

— Et Jehan ?

— Il s'est éteint dans l'heure qui a suivi, malgré tous les efforts de l'équipe de réanimation. Son cœur a fini par lâcher. »

Tout de suite après, je reçus un autre appel, c'était Malika. Elle était d'une fureur noire. Enragée, elle vociférait contre le manque de vigilance de l'équipe de police locale.

« Ils n'avaient pourtant que ça à foutre, bordel ! Le protéger, ce n'était pourtant pas compliqué de le protéger. Et voilà, à cause de leurs conneries sans limites, nous nous retrouvons avec deux morts, dont la seule personne qui pouvait nous renseigner sur Louise Carter. Nous les avions pourtant bien briefés sur les risques ! Ces cons n'ont pas respecté les consignes une seule seconde et cet agent n'aurait jamais dû être seul ! Il y a mort d'hommes et comme d'habitude ça va être la faute à personne ! Ils nous sortent à chaque fois le même truc. On va décorer le collègue à titre posthume, chacun va y aller de sa petite larme en découvrant qu'il avait une famille et des jeunes enfants ! Ils nous prennent vraiment pour des cons. Mais merde ! Ce mec n'aurait jamais dû être seul ! En plus avec l'autoroute, le ou les criminels sont déjà à Toulouse, Bordeaux ou Lyon depuis belle lurette. Personne ne leur mettra jamais la main dessus ! »

Malika était hors d'elle. Elle avait le ton rude d'une louve qui ne voulait pas lâcher le morceau. C'était un flic, un flic d'élite, la fine fleur de la police, une pro qui n'était pas du genre à se laisser niaiser par des incompétents. Elle avait flairé le danger qui menaçait Jehan et laissé des consignes très strictes de surveillance. Elle fulminait comme un bon soldat trahi par les siens. J'étais bouleversé. Je songeai à notre visite de la veille à l'hôpital avec Lucas. Clairement, Jehan cherchait à masquer les circonstances de son agression au canal des Moines. Jusqu'au bout il avait tenté de minimiser le danger qui le menaçait, comme s'il voulait éviter de rendre publique sa vérité. Qui avait intérêt à supprimer un homme si âgé, quelle était l'urgence ? En l'étouffant, son agresseur avait probablement tenté de simuler une mort naturelle comme pour Louise. Mon portable sonna encore.

C'était un dénommé François Lescure, archiviste, il me contactait de la part de Jehan pour m'informer que le « livre de raison » était disponible. Il me proposait de venir le consulter dès le lendemain. Il ne savait rien encore du meurtre de Jehan, le moment n'était pas le plus approprié pour lui en parler, je lui confirmai ma visite à 9 heures.

La sonnette tintait, c'était Lucas. Il semblait très embarrassé, inquiet de la tournure des événements. Non seulement on avait retiré à la gendarmerie l'affaire Carter, disait-il, mais il venait d'apprendre que le ministère de l'Intérieur, contrairement aux ordres de Malika et de la PJ, avait donné des consignes pour ne laisser qu'un agent de surveillance devant la chambre de Jehan à l'hôpital. Puis il vociféra contre le ministère, selon lui tant d'incompétence devait être dénoncée, et ces gens condamnés ! J'entendais Malika... Une pensée noire me traversa : et si tout cela n'était pas prémédité, habilement orchestré par ce que Jehan nommait *le cancer*. C'était terrifiant.

Au musée d'Art et d'Histoire j'aperçus l'archiviste qui m'attendait sous une galerie décorée d'arcades. Comme tous les mardis, le musée était fermé au public et nous étions les seuls visiteurs à nous aventurer dans la cour d'honneur. Il avait été bouleversé d'apprendre par la presse du matin la violence de l'agression et la mort de Jehan, mais se garda de tout commentaire.

Quand il sut que c'était ma première visite au musée, il s'employa à me raconter l'histoire de cet ancien hôtel Renaissance, qui accueillit Louis XIII, et qui fut transformé en petit séminaire au XIXe siècle. Il était intarissable sur l'architecture, le savoir-faire des maîtres maçons du cru, la surprenante façade ornée de fausses baies antiques d'où émergeaient des bustes d'hommes et de femmes. Les compagnons, m'expliqua-t-il, étaient les héritiers des savoirs de leurs aînés, ils avaient participé à l'édification de Versailles et à la construction des plus beaux monuments de Paris.

« Ces bâtisseurs convoquaient le symbolisme et les exigences cosmiques d'une religion solaire en pleine expansion. Quand ils alignaient un oculus avec un autel, dessinaient la croisée des transepts ou installaient un tétramorphe en haut d'un clocher, ils savaient ce qu'ils faisaient, ils en connaissaient le sens. Il n'y a pas que les champignons et les hommes politiques qui poussent sur cette terre. »

La visite de la cour d'honneur s'achevait. François Lescure ouvrit avec une carte magnétique la porte d'entrée du musée. Je le suivis dans un escalier de style italien, à double volée droite, qui desservait une grande salle d'exposition qu'éclairaient des fenêtres à meneaux. En entrant, il m'expliqua que la conservatrice générale avait donné son accord exprès pour que soit sorti des réserves le fameux *liber rationum*, propriété de la Société scientifique, historique et archéologique de Corrèze. Le livre était là, posé sur une table face à une grande cheminée décorée d'une frise chevaleresque. Après avoir enfilé des gants de coton blanc, j'ouvris délicatement l'ouvrage. La couverture et certaines pages avaient été restaurées et le contenu était impossible à déchiffrer tant l'écriture était fine et inclinée. François Lescure m'aida à décoder et à traduire en français moderne des phrases longues ou trop elliptiques, et construites dans une forme de désordre, un peu comme dans une version latine difficile. Mais on devinait assez facilement le sens général.

Les commentaires d'Étienne Béronie sur son époque étaient étonnants, presque révolutionnaires. Il déplorait que tant de grandes choses de son siècle aient été réalisées au prix de tant d'injustices et marquait une admiration plus poussée pour l'action de saint Vincent de Paul que pour les réalisations de Richelieu.

François Lescure me guida dans les passages du livre où Béronie évoquait Eiberlacho. J'appris que le village avait fait l'objet de sérieux combats pendant les guerres de Religion avant d'être occupé par les huguenots qui avaient transformé l'église en étable. Les notes indiquaient que les protestants étaient restés maîtres du village jusqu'en 1587, date de la destruction des fortifications par les troupes du seigneur de Hautefort et du consul Maillard. Elles relataient un redoutable incendie, sans doute dû à la foudre, qui dévasta le 1er avril 1624 plus de vingt-trois maisons du bourg et fit de nombreuses victimes parmi les habitants. Le rayonnement du brasier fut si intense que tous les champs s'embrasèrent et que le bétail fut dévasté. Le livre de raison faisait état de la restauration de l'église par Pascal Verlhac et ses maîtres maçons, après cinquante années d'abandon pendant lesquelles la messe était dite dans des masures environnantes. Plus loin, il était question de la lèpre qui sévissait partout entre 1630 et 1631 et des vingt mille morts en quatre mois pour la seule ville de Limoges. Tulle, Brive, Donzenac et presque tout le Limousin étaient infectés, excepté Eymoutiers où, avec beaucoup d'autres, Béronie était parti se réfugier. François Lescure m'emmena aux pages où Étienne Béronie découvrait sa maison et les alentours. Jehan disait vrai. Il ne pouvait s'agir que d'Eiberlacho.

Je questionnai l'archiviste sur le sens du mot Eiberlacho. Il répondit du tac au tac : « *Eiberlacho* signifie "salamandre" en langue d'oc. Comme vous le savez, la salamandre est un amphibien noir à taches jaunes, une sorte de lézard qui selon la légende apporte le bonheur dans la maison et la protège des mauvaises influences. Lorsqu'il est blessé, l'eiberlacho est capable de régénérer totalement ses membres, sa queue, parfois ses yeux et même de larges portions de son cœur. Symboliquement, dans la croyance populaire, il s'agit d'un dragon miniature, un esprit du feu, comme l'ondine est un esprit de l'eau.

Il habiterait les braises et son sang serait si froid qu'il pourrait les éteindre. Mais gare à ses ennemis, car, selon la légende, le venin qui recouvre sa peau dorsale serait si puissant qu'il pourrait empoisonner toute l'eau d'un puits et les fruits d'un arbre. »

Il m'entraîna vers la fenêtre.

« Vous voyez, sous le cloître, la sculpture le long du mur en forme de banc ? C'est une salamandre. François Ier en avait fait son emblème, avec pour devise *Nutrisco et extinguo*, "Je nourris et j'éteins". On trouve couramment des représentations de salamandres dans les demeures Renaissance et sur de nombreux blasons de villes. Celle-ci provient de fouilles récentes. Il y en a deux splendides sur les berges de la Seine, à Paris, en contrebas du pont Alexandre-III. Elles sont dorées, lovées sur des piliers aux pieds de l'arche, et veillent sur le fleuve et la solidité de l'ouvrage. »

L'archiviste tourna les pages du livre de raison avec une grande précaution et s'arrêta sur un passage dont m'avait parlé Jehan.

« Voilà, c'est ici, dit-il. Cette note est amusante, car Étienne Béronie décrit les remèdes qu'il utilisait pour soigner ses maux d'estomac : décoction de séné, de chicorée, de rhubarbe, de buglosse, d'anis cru, de pimprenelle... Quand ce n'était pas suffisant, il jeûnait et ne s'alimentait que de l'eau de source qu'il remontait de son puits.

— Sait-on à quel âge est mort l'auteur ?

— À en croire ce document, il a eu une longévité exceptionnelle. Le manuscrit court de son ordination en 1620 jusqu'à la veille de sa mort en 1701. S'il a été ordonné à vingt ans, il aurait donc vécu cent un ans ! »

Je repensai à la fameuse fontaine de Jouvence évoquée par Jehan et l'idée me traversa qu'elle aurait bien pu se trouver à Eiberlacho, et que c'était peut-être la raison du prix qu'on m'en avait proposé. Je fus tiré de mes songeries par le silence de François Lescure, qui restait emprunté devant moi, en attendant peut-être que je lui pose de nouvelles questions. Je le remerciai chaleureusement pour son temps et toutes ses explications.

En sortant du musée ma messagerie signalait un appel manqué de Komal. Il était 22 h 30 à Chennai, je tentai de la rappeler. Elle décrocha aussitôt. Elle venait de parler à Madeline et cherchait à savoir si j'avais de nouvelles informations sur le prétendu empoisonnement de Louise Carter. Je l'informai du meurtre de Jehan. Elle était sans voix. Je lui fis part de l'hypothèse du suicide de Louise, qui, selon ses propos, était lié à un début d'Alzheimer. Komal était très sceptique.

« Si Louise avait décidé de mettre fin à ses jours elle nous en aurait parlé, elle était sans tabou et nous étions à même de la comprendre. En pareille circonstance, elle aurait organisé son départ, préparé sa succession, laissé des notes et des consignes pour la fondation. Jamais elle ne serait partie comme ça ! Cela ne lui ressemble pas. »

En l'écoutant, je pensai que cet argument avait sans doute été avancé par Jehan pour occulter la situation, comme il l'avait fait concernant sa propre agression. À tout hasard je lui demandai s'il était arrivé à Louise de s'intéresser aux salamandres.

« Vous savez, ces lézards mythologiques avec des taches jaunes dont on dit qu'ils ont la capacité de se régénérer et dont le sang est si froid qu'ils peuvent se déplacer sur les braises.

— Oui, je connais ces légendes. Mais je n'ai aucun souvenir qu'elle se soit intéressée aux salamandres. En revanche, au feu, aux braises, oui. Louise était respectueuse des traditions indiennes mais, au fond d'elle-même, notre sacralisation du feu la choquait profondément. Le feu purificateur des âmes, les rites hindouistes de Bénarès, la crémation publique des corps… ce n'était pas tant le cérémonial que sa finalité qui l'offusquait. Brûler pour purifier revenait, selon elle, à stigmatiser les morts. Elle rejetait cette idée de souillure, de saleté, d'impureté, qui relèverait de rites très primitifs. Elle pensait que cette approche était à l'origine de tous les maux de la société indienne, que nous étions incapables de sortir du système de castes. Louise voyait la vie et la mort dans un système global de l'évolution de l'espèce, elle était détachée des croyances, des rituels. Elle œuvrait au quotidien pour que les gens vivent mieux, et plus longtemps, grâce à l'éducation, à l'hygiène, à la science et à l'amour que portent nos religions. La salamandre, selon vos légendes occidentales, est une sorte de dragon réputé pour se baigner dans le feu, qui meurt dès que la dernière braise s'éteint. Je pense que pour Louise la salamandre était plutôt une forme de résilience de la foi dans les religions judéo-chrétiennes mais, pour être franche, je n'ai pas le souvenir d'avoir évoqué ces sujets avec elle. »

Toute de suite après avoir raccroché, je contactai Malika. Elle venait d'atterrir à Brive et s'informait de l'avancement de l'enquête sur le meurtre de Jehan. Je lui proposai de passer à la maison. Elle arriva en fin de journée, après ses rendez-vous. Elle était éreintée. Nous l'étions tous, épuisés par cette affaire, mais Malika était trop rompue aux ruses funestes du destin pour se laisser abattre.

Elle m'annonça d'emblée que le ministère, à la lumière des derniers événements, avait décidé de ne pas donner suite à la donation de Louise Carter. Elle me conseilla d'en faire autant, de rentrer sans tarder à Los Angeles. Elle releva avec gravité que les trois meurtres étaient liés à la donation et ajouta qu'elle ne souhaitait pas que je devienne la quatrième victime.

Ce n'était certes pas le meilleur moment, mais je ressentais l'urgence de lui livrer tout ce que j'avais appris sur Jehan, sur Louise, sur leur exceptionnelle longévité, sur le sous-sol de la maison de Louise, l'ordre des Tilleuls, le livre de raison, la relation entre Louise et Germain et aussi la proposition de quinze millions pour la maison. Mes mots se bousculaient. Je fis en sorte d'exclure Madeline de mon récit, elle était encore trop fragile pour être entendue par la police. Malika m'écouta en silence, les traits tirés. Et lorsque je m'arrêtai de parler, elle se mit en colère. Elle me reprocha une nouvelle fois mon manque de transparence.

« Vous agissez comme à Singapour ! C'est une manie chez vous d'enquêter de votre côté et surtout de ne rien dire ! »

Elle était furieuse que je détienne des informations qu'elle n'avait pas ! Je lui expliquai calmement le contexte de mes découvertes successives. Je n'avais mené aucune enquête à son insu, les faits s'étaient imposés d'eux-mêmes.

« Vous auriez pu tout de même me tenir informée !

— C'est ce que je fais aujourd'hui, sans détour. Vous en parler plus tôt n'aurait rien changé aux drames de cette affaire ! Louise était morte avant que nous nous rencontrions et même la police n'a pas réussi à protéger Jehan. Tous ces événements sont tellement étranges. On devient vite parano et on se méfie de tout et de tout le monde.

— Je ne comprends pas votre défiance à mon égard. Je croyais que nous étions amis. C'est parce que je suis flic, c'est ça ?

— Depuis le début de cette histoire je me demande ce que recherche vraiment votre administration. Dès la réunion chez le notaire, Armand Voisin m'a soupçonné. Je ne savais encore rien de Louise Carter que j'étais déjà coupable d'avoir été désigné comme exécuteur testamentaire. Surtout, ne me dites pas le contraire et ne me dites pas non plus que votre administration vous a demandé de m'accompagner à Singapour pour me protéger. Son seul but était d'éviter que je me fasse la malle avec neuf cent cinquante millions ! Voilà malheureusement la réalité. Alors, épargnez-moi vos reproches sur la défiance, car dans cette affaire j'ai été le premier à la subir. »

Un long silence s'installa qui nous pénétra l'un l'autre.

« Baissons les armes ! Vous voulez bien ? »

Elle se leva et me tendit la main. J'ignorai cette main ridicule, je me levai à mon tour et la pris entre mes bras quelques instants. Surprise par ce sursaut d'affection, Malika se figea comme une adolescente qui danse son premier slow et ne sait pas quoi faire de ses mains. Je ressentis ses bras puissants, les muscles de son dos et la chaleur de ce corps endurant accoutumé à l'effort plus qu'à la tendresse. Elle sourit un peu embarrassée et d'un geste de main incertain releva une mèche qui tombait sur son visage. Pour lui prouver ma sincérité, j'essayai de reprendre les éléments du puzzle.

«Si je résume: Béronie, Jehan, Louise ont en commun une incroyable longévité et d'avoir tous les trois été liés à l'ordre des Tilleuls; Béronie et Germain ont vécu à Eiberlacho à plusieurs siècles de distance; et Eiberlacho était, selon Jehan, une des propriétés de l'ordre des Tilleuls. Germain et Louise ont vécu ensemble deux ans à Eiberlacho et travaillé à un projet qui les dépassait. Louise fait une donation de neuf cent cinquante millions pour la réalisation d'un centre de recherche en génomique et me désigne comme exécuteur testamentaire. J'arrive de Californie avec le projet de vendre Eiberlacho. Jehan apparaît tel un mage pour insidieusement me dissuader de vendre la maison et me révèle l'histoire de l'ordre auquel elle aurait appartenu, sans pour autant tout dévoiler. Jehan et Louise sont assassinés, sans doute par des malfrats qui pourraient avoir un lien avec la donation de Louise Carter. Je reçois une offre d'achat mirobolante de quinze millions d'euros pour la maison, laissant supposer qu'elle contiendrait quelque chose de rare. L'identité de l'acheteur est invérifiable, l'offre provient d'un gestionnaire mandaté par un trust à numéros. Enfin, il n'est pas impossible que les commanditaires des meurtres de Louise et de Jehan cherchent à détenir le mystère de cette maison. Louise et Jehan connaissaient ce mystère et ils sont certainement morts de ne pas l'avoir révélé.

— Et vous, Tristan, vous ignorez ce mystère, mais vous possédez le lieu. Si certains sont prêts à vous en offrir quinze millions, c'est qu'ils espèrent en obtenir beaucoup plus. La clef se trouve définitivement autour de nous peut-être même ici, sous nos yeux.

— Après la découverte du sous-sol de Louise, j'imaginais un trésor de l'Ordre quelque part entre ces murs. Mais un trésor se cherche, se trouve, ou même se vole. Pourquoi dépenseraient-ils quinze millions pour l'obtenir quand ils sont capables d'assassiner froidement trois personnes ?

— Alors, à quoi pensez-vous ?

— À de l'immatériel, à quelque chose qui ne pourrait exister qu'ici ou n'être créé qu'ici, et dont la valeur serait bien supérieure à quinze millions. Ce quelque chose avait certainement été découvert par Germain et Louise.

— Ceux qui ont agressé Jehan au canal des Moines cherchaient donc à obtenir des informations sur ce quelque chose. Ils ont battu Jehan à mort et c'est en apprenant qu'il était sorti du coma qu'ils ont décidé de le supprimer à l'hôpital.

— Oui, mais pourquoi auraient-ils empoisonné Louise ? Elle était la mieux placée pour les renseigner.

— Peut-être ont-ils essayé de l'interroger directement et n'obtenant rien d'elle, ils l'ont empoissonnée pour éviter qu'elle ne révèle leur identité. À part la femme de ménage, Jehan était le seul proche de Louise à être présent lors de la mise en bière. Ils se seraient par la suite acharnés sur lui. Et si nous allions dans l'ancienne maison de Louise revisiter le sous-sol peut-être y trouverons-nous des indices parmi les documents ? J'avais fait faire un double des clefs. Elles sont dans ma voiture. Venez, je vous conduis. »

La maison de Louise n'était qu'à dix minutes. Le crépuscule avait jeté un voile sur la colline, le quartier était d'un calme absolu. Un camion qui avait dû s'égarer faisait demi-tour. Nous cheminions entre les ombres bleutées du jardin guidés par un halo de lune phosphorescent. Malika ouvrit la porte principale, qui n'était pas fermée à clef et rétablit l'électricité au compteur dans la cuisine. Elle voulut tout de suite voir le placard où les lattes de parquet portaient les signes de l'Ordre. Je lui montrai comment manipuler la plinthe mobile et la trappe s'ouvrit sans résistance. Malika descendit la première, équipée de sa lampe de poche. « Venez voir ! », s'écria-t-elle. Je descendis à mon tour, la pièce était vide. Il ne restait que la grande mappemonde, un guéridon et des rayonnages vides. D'autres nous avaient précédés. On pensa tout d'abord à une initiative de Jehan, car ses agresseurs n'auraient jamais pris le soin de tout déménager.

« Non de Dieu ! », s'écria Malika.

J'ignorais ce que Dieu venait faire en pareil instant, mais elle bondit dans l'escalier avec une agilité animale et se retrouva dans le jardin en quelques secondes. Accroupie, elle éclairait l'allée avec sa lampe de poche et ses doigts scrutaient le sol. « Regardez ces traces de chariots et de pneus, elles sont toutes fraîches, ils étaient là juste avant nous. Le camion blanc qui faisait demi-tour lorsque nous sommes arrivés, c'étaient eux. »

Je repensai instinctivement à la maison de Nazareth que j'avais découverte lors d'une promenade avec les filles et qui d'après Monique, la secrétaire de la mairie, comportait des souterrains. Je m'en ouvris à Malika.

« Sauriez-vous la retrouver ?

— Oui, certainement. Elle est en plein centre du village et son linteau comporte les signes de l'Ordre, on ne peut pas la manquer !

— Alors, allons-y, prenez le volant. »

Je traversai Malemort pour contourner la ville par l'est.

« Malemort, quel nom ! S'agit-il de la mauvaise mort ?

— C'était le nom d'une grande seigneurie du cru et peut-être une référence à la peste qui décima les populations jusqu'au milieu du XVIIe siècle.

— Pourquoi garder un tel nom ? C'est macabre. Quand on passe à Beaulieu, c'est une invitation à vagabonder au bord de la Dordogne. Si j'entends Miraflores je songe à des maisons colorées, entourées de jardins exotiques et aux couchers de soleil pyromanes dont seul le Pacifique a le secret. Votre ville, la "cité des anges", c'est tout de même plus doux que Malemort !

— Jehan vous expliquerait que l'histoire nous parle et que les noms influencent le regard que nous portons sur les lieux. Cette région regorge de noms qui viennent du Moyen Âge et de la guerre de Cent Ans. Strenquels, par exemple, à quelques kilomètres d'ici viendrait de *strangle*, "étrangler" en anglais. L'endroit est charmant avec ses petites routes bordées de murs en pierres sèches et de chênes verts. J'y ai des souvenirs de soirées inoubliables avec des amis magnifiques. Il ne faut pas trop s'attacher aux sens des noms pour vivre ici.

— Ils ne sont pas là par hasard, dit doucement Malika. Les noms sont la mémoire. Croyez-vous qu'on puisse être heureux là où d'autres ont souffert ? Je ne le crois pas. Les noms sont là pour nous le rappeler et forcément cela finit par porter malheur.

— Vous avez raison, Malika, les noms racontent l'histoire. La première fois que je suis allé à Nazareth, j'ai découvert qu'un groupe de jeunes juifs fuyant l'Allemagne nazie s'était installé là en 1933 pour y établir une ferme collective. Ils ont développé à Nazareth le premier kibboutz corrézien. La montée de l'antisémitisme, qui s'est répandu jusque dans nos campagnes, les a poussés à abandonner leur projet en 1935. Mais le nom de Nazareth est resté, comme un rappel de mémoire. »

Je remontai le boulevard Amiral-Grivel pour prendre à gauche la D 38 qui serpentait dans la campagne jusqu'au causse de Martel. Juste avant d'arriver, le panneau « Montplaisir » faisait écho à notre conversation sur les noms.

« Voilà où il doit faire bon vivre ! Enfin un village hédoniste », sourit Malika.

On était arrivé. J'ai garé sa voiture derrière la petite chapelle templière, des murmures de jeux télévisés résonnaient dans les ruelles. Appuyés contre le puits devant la chapelle, des jeunes en scooter refaisaient le monde, des chiens aboyaient au loin. En passant devant la tour d'une maison noble, nous avons aperçu l'avant d'un camion stationné dans une cour le long d'une grange. Il faisait face à la maison qui comportait les signes de l'Ordre et ressemblait à celui que nous avions aperçu une heure plus tôt à proximité de chez Louise. On entendait le grincement lancinant des portes de grange qu'on ouvre, des ombres s'affairaient et déchargeaient le contenu du véhicule dans les bâtiments.

De l'autre côté de la rue, des silhouettes apparurent furtivement sur le perron de la maison d'en face. Je crus un instant apercevoir la silhouette d'une femme qui avait la démarche chaloupée de Madeline. Malika me fit signe de quitter les lieux. En haut de la rue les jeunes avaient disparu, les ruelles se faisaient maintenant l'écho de variétés françaises. « Filons ! dit-elle. Nous reviendrons quand il y aura moins de monde. »

J'interrogeai Malika sur ses plans.

« Nous en savons assez. Cette grange leur sert d'entrepôt et peut-être plus. Je vais faire organiser une surveillance discrète du lieu. Je reviendrai demain de jour pour tenter de recueillir des indices. Ces gens-là ont l'air nombreux et organisés. Des compagnons de Jehan et Louise ? J'opterais plus pour ceux qui vous ont fait une proposition de quinze millions. Je ne serais pas étonnée que Jehan leur ait livré le secret du sous-sol de la maison de Louise pour éviter de leur donner l'essentiel. Parce que cet essentiel se trouve chez vous, à Eiberlacho. »

XIV

Une chape d'air tiède assiégeait le bourg. Tout était inanimé, suspendu, en attente. La région était en alerte canicule. J'entrai chez Guy sans m'annoncer. Un silence aride régnait. Les volets de la maison étaient rabattus et dans la grande cour d'asphalte l'air était si chaud qu'il semblait s'animer de légers tremblements. Pas une tourterelle ne se risquait dans le ciel de plomb.

Au fond de la cour déserte, à gauche de l'étable, une porte basse décorée de plaques ovales de concours agricoles était entrebâillée, signe apaisant d'une probable présence humaine. Je m'y engouffrai. Là, dans un silence quasi religieux, je trouvais Guy assis sur un tabouret, son chat sur les genoux. Son regard hantait les cornadis et les ardoises qui portaient encore des noms inscrits à la craie, Mireille, Rosalie, Acajou, Blanche, Caille, Doucette...

« Guy ! C'est moi, Tristan !

— Ah ! Toi, mon garçon ! C'est que je ne te reconnaissais pas dans le contre-jour. Marcelle et Jean sont à l'intérieur et avec cette chaleur, il n'y a qu'ici que je suis bien. Qu'est-ce qui t'amène ?

— Je viens faire appel à ta mémoire.

— Eh bien, tu prends des risques, mon garçon ! »

Guy habitait une autre époque. Le soleil était son horloge, sa vie rythmée par les saisons. Son exploitation était à peine mécanisée, il vivait de peu, comme toutes les générations avant lui, mais il ne manquait de rien. J'étais chaque fois surpris de l'étroite connivence qu'il entretenait avec ses bêtes, du soin affectueux qu'il leur apportait. Je l'avais vu faire vêler des vaches et y passer la journée. Chaque rencontre avec Guy était une leçon de choses où la lenteur relevait de l'observation. Son langage était riche et précis. Aujourd'hui, Guy n'avait plus de bêtes et malgré son âge avancé, il continuait à cultiver son potager et à entretenir une basse-cour.

« Guy, je voudrais que tu me parles de Germain, mon grand-père.

— Germain ! Il ne se passait pas trois jours sans qu'il vienne par ici. C'était le cousin de mon père, Joseph. Il était ici chez lui et c'était bien normal, sa mère Marie Lacour était née dans cette maison en 1862. Tiens, c'est lui qui a installé l'électricité, ici dans la grange ! Ça marche toujours et on n'y a jamais touché !

— Te souviens-tu d'une dénommée Louise, Louise Carter, qui aurait vécu à Eiberlacho avec lui ? »

Il y eut un silence, un très long silence au cours duquel j'eus l'impression qu'il méditait. Puis dans un sursaut, il dit :

« Des Louise, il y en avait beaucoup par ici, moins que des Marie, mais tout autant que des Jeanne ! Mais tu veux parler de Louison. Oui bien sûr, je l'ai connue... Une Américaine de chez nous, comme toi. Elle arrivait de New York. Je devais avoir sept ou huit ans quand elle a séjourné à Eiberlacho. C'était bien avant que Germain se remarie avec Marguerite, celle que vous appeliez "Mamie fleur", pour ne pas la confondre avec votre grand-mère paternelle Madeleine, que vous surnommiez "Mamie gâteau". »

Bouffée de mémoire. Mamie fleur, chapeaux fleuris et mains gantées. Elle était menue et délicate, presque fragile, toujours tirée à quatre épingles et enveloppée de senteurs Guerlain. Mamie gâteau était très grande, joviale aussi douée pour la cuisine que pour le piano. Elle jouait Chopin avec passion et nous racontait, avec tristesse, que le corps de Mozart avait été jeté dans une fosse commune, elle aimait le mobilier Empire, De Gaulle et Churchill, m'appelait « mon pépère » et versait toujours une larme le 14 Juillet au moment du défilé de la Légion étrangère.

« Mais sais-tu ce qu'ils faisaient ensemble à Eiberlacho ?

— Bien sûr ! Ils s'aimaient pardi, c'était tellement visible. Quand elle le regardait, Germain s'illuminait comme un vitrail frappé par le soleil.

— Je voulais parler de la nature de leur travail.

— Alors là, garçon, c'est autre chose... On ne l'a jamais vraiment su. Ils étaient l'un et l'autre très discrets là-dessus, comme sur leur relation. Louise était une femme très spontanée, directe et toujours prête à relever des défis. Elle voulait tout faire comme les hommes, monter sur les toits pour remettre des ardoises, ferrer les bœufs, faucher les prés, faner le foin, rien n'était trop compliqué pour elle. C'était une énergie. Elle était tellement plus libre et autonome que les femmes d'ici. Elle vouait une admiration sans limites à Germain et il le lui rendait bien. Elle était à tu et à toi avec tout le monde et ne mettait pas de barrières entre elle et les autres, comme si la société ne comportait ni segmentation ni classe. C'était peu commun pour une femme, surtout à l'époque. À côté de ça, elle savait très bien se faire respecter : ceux qui ont pris sa cordialité pour de la légèreté doivent s'en souvenir encore ! Que te dire d'autre ? Elle veillait scrupuleusement à ce que personne ne puise l'eau du puits sous le grand magnolia de ta terrasse. Une partie des terres de ton grand-père étaient exploitées par des métayers. Des familles entières de fermiers se sont succédé chez toi, les Bésanger au début du siècle dernier, les Maury, les Lagneyrie, et plus tard les Agelou, enfin les Lavaud.

Je crois que c'était le père Maury qui n'arrêtait pas de la taquiner en voulant puiser son eau. Elle ne se laissait pas faire du tout. Ce puits était son territoire, elle le défendait comme fort Alamo, la fourche à la main s'ils insistaient. Personne ne comprenait pourquoi, il fallait bien abreuver les bêtes. Les fermiers n'avaient plus qu'à utiliser l'autre puits, devant le perron, ce qui était moins pratique. Figure-toi que Louison remontait de son puits, à la force des bras, des seaux d'eau qu'elle mettait en flacons ! À l'époque, Germain a fait construire l'aile de la maison, celle qui est à droite du puits. Cette extension était un laboratoire consacré à leurs préparations.

— Mais qu'est-ce que c'était ces préparations ?

— Ça, je ne saurais pas te dire. Tout ça, pour nous, c'était du javanais. Germain avait la réputation dans la région de savoir remettre sur pied les ouvriers des ardoisières. Les pauvres types étaient tordus par le labeur, l'épuisement et souvent abrutis par l'excès d'alcool dont le pouvoir analgésique apaisait les douleurs. Ils venaient principalement de Travassac et d'Allassac. Les traitements qu'il leur prodiguait leur apportaient une seconde jeunesse. Germain enrageait contre cette forme de capitalisme, et il avait raison. Ces garçons étaient là pour gagner leur vie, pas pour la perdre au travail. Mais c'était un autre temps ! »

Guy avait quatre-vingt-treize ans, dont quatre-vingts passés à la ferme. Comme il était l'aîné, il avait hérité de l'exploitation familiale, son frère avait fait Saint-Cyr. Guy n'avait pas eu une vie facile. Son unique fils était retardé, il n'avait pas pu suivre une scolarité normale ni travailler avec lui. Guy avait vécu ce drame comme une malédiction mais ne s'en était jamais plaint. Le dépit ou l'envie ne faisaient pas partie de sa vie. Farouchement indépendant, il avait ce bon sens raisonnable façonné par l'observation du monde, la sagesse simple que donne la nature. Il avait quitté l'école à treize ans, mais son vocabulaire était riche et précis, et il pouvait réciter des poèmes pendant des heures, quand ma propre mémoire, trop dépendante de machines intelligentes, m'interdisait de me rappeler plus de trois numéros de téléphone.

À retrouver Guy, j'éprouvais un sentiment d'émotion poignant, les souvenirs me submergeaient. Comme cette fois, où je lui avais présenté Lucie, en revenant de Lombardie. Je m'en souvenais parfaitement. Je m'amusais au volant de la Ford rouge décapotable que nous avions louée pour ce périple européen. Elle enroulait avec souplesse les virages serrés de la petite route sinueuse qui menait au bourg. Cheveux au vent, foulard autour du cou, Lucie goûtait l'air doux et l'odeur des foins fraîchement coupés. Je lui parlais des vaches limousines, les plus belles du monde, à égalité peut-être avec les salers aux longs cils, quand soudainement, à l'orée du village, je freinai brusquement puis reculai sur cinquante mètres. Je venais d'apercevoir Guy dans la prade haute. Il était surpris de voir passer devant son pré à cette heure du jour une voiture qu'il ne connaissait pas.

« Adi, mon cousin ! », lui avais-je lancé.

Après un léger moment d'étonnement il s'était approché de la route et avait soulevé sa casquette en arrière sur un front tellement blanc qu'il en semblait dépigmenté. Son visage buriné s'était illuminé d'un franc sourire.

« À toi, garçon ! Voilà une bien belle auto, à peine plus rapide que ma 2 CV, aussi une décapotable !

— Guy, je te présente Lucie, ma compagne.

— Eh bien, sais-tu, je revois ta mère, comme si c'était hier, sortir d'une petite 4 CV le long de cette même bouige pour me présenter le grand gaillard qui allait devenir ton père. Mais je revois aussi à ce même endroit ton grand-père Germain descendre de son auto, une Citroën je crois, pour nous présenter sa nouvelle femme, ta grand-mère maternelle, alors que nous étions tous là au travail des foins. Elle était de Paris, bien mise et très élégante, elle portait une ombrelle et des gants pour se protéger du soleil. Et voilà que toi, exactement à ce même endroit, tu me présentes aujourd'hui ta future épouse... C'est inouï ! Pouvez-vous répéter votre prénom, mademoiselle ?

— Lucie !

— C'est un prénom d'ici ! »

En rentrant à Eiberlacho, je décidai de m'arrêter chez mon voisin, Pierre, pour lui poser à son tour quelques questions sur Louise. C'était la fin de l'après-midi, je le trouvai dans sa stabulation. Même désertées par les animaux, les étables sont restées ce qu'elles étaient, des lieux de vie. Pierre était en train de bricoler des supports d'affiches pour la fête municipale. Ancien goal de l'équipe de foot dans sa jeunesse, président du comité des fêtes, élu municipal, facteur, éleveur, Pierre était le pivot de la commune. C'était un grand gaillard timide, aussi solide que généreux, décoré à vingt ans pour avoir sauvé la vie de son lieutenant lors d'une embuscade pendant la guerre d'Algérie. Cet acte de bravoure en disait déjà long sur lui et il suffisait de visiter son exploitation ou de se promener le long de ses vignes pour découvrir qui il était vraiment. Pierre était encore une force de la nature, travailleur infatigable à plus de soixante-dix ans, il répondait aux altérations du temps de façon exceptionnelle. Je retrouvai en lui certains traits de la personnalité de Jehan. Il n'avait pas connu Louise, mais son regard s'illumina dès que je commençai à l'évoquer.

«Ah! Tu sais... c'était, paraît-il, une dame, mon père en parlait comme d'une apparition. Il l'appelait "Louison la garçonne", car elle portait des pantalons de cheval et circulait en short dès les beaux jours. Quand tu penses que ma grand-mère à la même époque devait avoir au moins trois ou quatre jupons sous des jupes qui couraient jusqu'aux sabots et une coiffe par vingt-cinq degrés, les shorts de Louise devait faire sacrément jaser dans le coudert !

— Pourquoi une apparition ?

— Parce qu'elle était un peu magicienne. Mon père disait qu'elle avait le don des sourciers. Elle n'utilisait pas des baguettes de coudrier, elle ressentait directement les champs magnétiques provoqués par la présence de l'eau en sous-sol. Louise lui avait indiqué exactement où creuser son puits. Mais il y a plus étonnant. Mon père avait la certitude que l'eau de son puits possédait des vertus particulières depuis que Louise lui avait dit qu'il était relié à la même source que celui qui servait à préparer les remèdes aux ouvriers des ardoisières. Il en buvait chaque jour, comme de l'eau bénite, et si quelqu'un tombait malade, il lui en offrait comme un élixir et ça marchait !

— Penses-tu qu'il a eu accès aux préparations de Louise et de Germain ?

— Oui, mais je le sais indirectement. Je t'explique : mon père était chauffeur de locomotive, il ne conduisait pas, il alimentait les machines en charbon et contrôlait le feu. C'était un métier très physique et parfois dangereux qui a disparu après l'électrification du réseau et la mise en service d'autorails sur les lignes secondaires. Au cours d'un trajet Tulle-Seilhac, il avait été ébouillanté par la rupture d'une conduite de vapeur sous pression. Grand brûlé, il est resté longtemps alité. À l'époque, Louise habitait à Eiberlacho. Elle passait le voir quotidiennement pour nettoyer ses plaies, changer ses pansements et lui prodiguer des soins qui le soulageaient. On ne sut pas ce qu'elle lui prescrivit, mais elle le remit sur pied et les traces de brûlures aux mains et au thorax disparurent au bout de trois mois. Les gens disaient qu'elle enlevait le feu ! Quand le médecin ou ma mère interrogeaient mon père sur les soins qu'il avait reçus, il se contentait de dire : "Rien de particulier, à part boire l'eau de mon puits !" Voilà ce qui se disait sur Louise. Mais ce sont des souvenirs d'enfants, il y a si longtemps maintenant, la réalité était peut-être différente.

— Et toi, tu bois cette eau ?

— Non, tu vois... depuis que l'eau courante a été installée plus personne n'en boit. Nous l'utilisons pour le jardin et pour les bêtes.

— Tout cela est très loin, mais connaîtrais-tu quelqu'un qui pourrait avoir été informé de leurs travaux ?

— Cette histoire remonte à plus de quatre-vingts ans et il n'y a plus grand monde de nos jours qui a connu cette époque. Mais, attends un peu, nous avons eu la visite il y a deux ans d'une biologiste qui cherchait des renseignements sur ton grand-père. Je crois qu'elle faisait une étude sur les traitements qu'il prodiguait aux ouvriers des ardoisières. Je lui avais bien sûr raconté l'histoire des brûlures et de l'eau du puits. Je m'étais même permis de l'emmener chez toi, car elle voulait faire des prélèvements d'eau et d'algues. Elle devait revenir, mais nous ne l'avons jamais revue. Elle m'a laissé ses coordonnées, tu pourrais peut-être essayer de la contacter, on ne sait jamais. Elle était d'origine chinoise ou coréenne je ne sais plus très bien. »

Le numéro que Pierre m'avait donné était celui du Centre de biologie intégrative de Toulouse. La femme en question était bien inscrite comme chercheuse au centre, mais depuis plus d'un an elle enseignait la génétique moléculaire à l'université de Toronto. Je récupérai sur le site du CBI les coordonnées du Dr SiYoung Pak et lui envoyai un e-mail. Je reçus en retour le message suivant : « Où puis-je vous joindre ? », sans autre commentaire. C'était étonnant. Je m'apprêtais à lui adresser mon numéro de portable quand un nouvel e-mail tomba : « Avez-vous une ligne fixe svp ! » Je lui adressai aussitôt le numéro d'Eiberlacho. Sur le site de l'université des sciences de Toronto, son CV annonçait un PhD en biologie moléculaire de l'Université nationale de Séoul, elle était reconnue pour ses travaux de recherche en *genetic engineering* et *genome editing*.

Le téléphone sonna.

« Excusez, mais cela m'a pris un peu de temps pour trouver une ligne sécurisée, je suis SiYoung Pak, nous devons être très prudents dans nos échanges, ne m'adressez aucun e-mail ni aucun appel à partir de votre portable.

— Mais pourquoi ces précautions ?

— Parce que vous n'êtes pas le seul à chercher le secret d'Eiberlacho. J'ai pris ce poste à Toronto, car il était trop dangereux pour moi de rester à Toulouse. Pouvez-vous faire le déplacement à Toronto pour en discuter ?

— Ce n'est pas vraiment la porte à côté mais...

— Je serai lundi prochain à Equinox, 55 Avenue Road, à partir de 5 h 30 du matin. Je dois vous quitter. »

Je m'ouvris de cet échange aussi bref que surprenant à Malika. Après quelques recherches, elle me rappela. SiYoung Pak avait été séquestrée, dix-huit mois plus tôt, par des malfrats à Toulouse au Centre de biologie intégrative. Son bureau avait été entièrement saccagé et les ordinateurs de son service détruits. Après avoir été molestée, elle avait été droguée et abandonnée par ses ravisseurs dans une décharge publique près de Montauban. Elle n'avait dû son salut qu'à la vigilance d'un conducteur d'engins, qui, au moment de porter un coup de pelle à une montagne de détritus, avait aperçu son corps inerte. D'après Malika, l'enquête piétinait. Je l'informai de la proposition de SiYoung Pak de me rencontrer à Toronto dans ce qui semblait être un club de gym huppé de *midtown*.

« Vous avez l'intention d'y aller ?

— Qu'en pensez-vous ?

— Je comprends que cette universitaire a mené des recherches sur les travaux de Germain et de Louise. Elle dispose certainement d'éléments qui devraient nous aider à déchiffrer l'énigme de cette affaire. Ses agresseurs sont peut-être les mêmes que ceux de Jehan et Louise. Vous êtes bien sûr libre de la rencontrer, mais je vous rappelle que le ministère a décidé de surseoir à la donation de Louise Carter. Dans ce contexte, je n'ai plus de mandat et je ne peux ni vous accompagner à l'étranger ni vous protéger. Je peux vous faire passer un téléphone portable à ligne cryptée pour échanger avec vous quand vous le voudrez lors de vos déplacements, mais c'est malheureusement tout ce que je peux faire. »

Avant de partir, je voulus prendre des nouvelles de Madeline. Je l'appelai, elle travaillait dur pour terminer les nouvelles collections de la Fashion Week de septembre à Paris. Sa mère l'avait informée du meurtre de Jehan et lui avait adressé les coupures de la presse locale. Elle se souvenait de l'avoir rencontré lors des obsèques de Louise. Sa voix était calme, peut-être même trop calme. Voilà qu'elle me vouvoyait.

« Cela ne finira donc jamais, dit-elle, qui sera le prochain... vous, Tristan, moi, Komal peut-être ? La police a révélé son impuissance et nous sommes tous en danger. »

Je l'informai de mes échanges avec SiYoung, son agression, sa fuite en Amérique du Nord ainsi que de mon départ imminent pour Toronto afin de la rencontrer.

« Vous n'avez pas l'impression de vous jeter dans la gueule du loup ? Personne ne pourra vous protéger là-bas.

— Cette femme connaît le mystère d'Eiberlacho, elle a failli mourir pour ça, c'est une bonne raison pour la rencontrer. Elle sait probablement qui sont ses agresseurs et leurs mobiles, ces types sont sans doute les mêmes que ceux qui ont mis fin aux vies de Louise et de Jehan.

— Tristan, c'est beaucoup trop dangereux pour vous. Il faut éradiquer ce cancer avant toute chose. »

Je sursautai. Le mot *cancer* était celui que Jehan avait employé sur son lit d'hôpital pour désigner ses criminels et voilà que Madeline l'employait à son tour. Que savait-elle ?

XV

Aller à Toronto n'était pas une mince affaire. Le vol Air France était complet. Je me rabattis sur celui d'Air Canada qui quittait Roissy-Charles-de-Gaulle à 11 h 30. À l'enregistrement du vol 881, l'hôtesse me remit un petit paquet. C'était un téléphone crypté que Malika venait de faire livrer.

La classe économique était bondée. L'embarquement se passa dans le calme malgré l'absence de place pour les bagages à main. Les agents d'Air Canada les répartissaient tant bien que mal dans les différents coffres au-dessus de nos têtes, sous les sièges. Finalement tout rentra dans l'ordre. Installé dans l'ambiance bleutée de la cabine, je contemplais la vision futuriste des alignements parfaits de passagers attachés et immobiles face à leur écran comme à leur destin, pendant que s'arrachait de la gravité le 787 Dreamliner à feuille d'érable. Après huit heures de vol, contorsionné au fond de la cabine, entre les toilettes et un voisin ronfleur, un repas au-dessus de l'Atlantique, une sieste et trois films, j'atterrissais à Pearson sous un soleil éblouissant.

À l'immigration, plus de quinze agents en chemisette bleu foncé, gilets pare-balles et émetteurs radio accrochés aux épaulettes contrôlaient les documents de voyage. J'étais bien de retour en Amérique du Nord. « Étiez-vous en France pour votre travail ? Rapportez-vous de l'alcool ? Que venez-vous faire à Toronto ? Combien de temps comptez-vous rester ? Quel est le nom de votre hôtel ? » L'agent au fort accent hispanique faisait son travail, il appliquait les procédures et insinuait, au cas où cela m'aurait échappé, que le Canada savait se faire respecter autant que son voisin du Sud. Ici, on ne badinait ni avec la sécurité intérieure ni avec l'importation d'alcool, au moins aussi réglementée que celle de la drogue. Il tamponna mon passeport américain et se fendit d'un *Welcome to Canada*. Je n'avais pas mis les pieds ici depuis quinze ans.

Qui aurait pu prédire que Toronto deviendrait la quatrième plus grande ville d'Amérique du Nord ? Les cités étaient donc comme les hommes, elles se façonnaient en fonction des opportunités, se développaient grâce au travail, à leurs capacités d'innovation, d'attraction, d'intégration, et adhéraient pour finir à des valeurs qu'elles entendaient faire partager.

Celles de Toronto plaisaient à la jeunesse du monde qui ne cessait d'y affluer.

Le taxi filait plein est sur la Queen Express Way. La circulation était fluide en ce dimanche après-midi et les bords du lac Ontario submergé de lumière prenaient des airs de Miami Beach. La côte célébrait l'été et les gratte-ciel miroitaient entre eux. Très vite la QEW se transforma en autoroute urbaine. Elle serpentait, aérienne, entre les tours de verre éclatantes du quartier des affaires.

« Aujourd'hui c'est un temps africain, lança le chauffeur érythréen au physique de marathonien. Avec le soleil tout le monde est gai, joyeux, les femmes sont souriantes et sexy. Quand le temps est canadien, le monde est gris, emmitouflé, pressé. On est arrivé, c'est soixante dollars ! »

J'avais réservé une chambre dans le quartier de Yorkville, à proximité de l'université de Toronto et à cinq minutes du club Equinox. Le concierge de l'hôtel, un grand blond d'origine slave, s'organisa, je ne sais comment, pour que je puisse accéder au club de SiYoung Pak dès le lendemain matin sans carte de membre.

« Donnez simplement votre nom à l'entrée, tout est arrangé », dit-il en me remerciant pour le pourboire. J'avais toute la fin d'après-midi pour flâner et explorer les rues branchées de cet ancien quartier hippie reconverti en village dédié aux maisons de luxe et aux marques internationales. Quinze années suffisent à métamorphoser une ville. Des gratte-ciel et des hôtels de luxe s'étiraient désormais au-dessus des petites maisons de briques aux varangues d'aspect colonial bordées de jardins impeccables. Derniers vestiges de l'élégance victorienne, elles étaient transformées en galeries d'art et en restaurants.

Sur les bords du lac là aussi, tout avait changé. Je m'arrêtai à proximité de Sugar Beach, une petite plage urbaine, triangulaire, peuplée d'alignements de parasols roses comme autant de sucres d'orge, sous lesquels des fauteuils Adirondack blancs accueillaient des milléniaux connectés. Un peu en retrait de la plage, des rangées d'eau jaillissaient, toujours plus haut, comme pour une ode aux gratte-ciel qui ne se lassaient pas de repousser les limites de la ligne d'horizon de la ville, en perpétuelle ascension. Le soleil du soir irradiait la baie, l'ancienne sucrerie Redpath était comme un cargo échoué au pied de la ville.

Ce Toronto revisité m'enchanta, les gratte-ciel dispensaient de l'énergie, les immigrants apportaient leur foi en l'avenir et la jeunesse diffusait une incroyable force créatrice. Il était déjà 19 heures, je traversai Queen's Park en direction de Bloor, puis après un détour par le campus de St George, j'aperçus la façade cristallisée du Royal Ontario Museum qui réfléchissait les dernières couleurs du couchant.

Je marchais sur Avenue Road pour rejoindre Yorkville quand, en passant devant le Hyatt, l'apparition d'un visage me stupéfia. J'eus à peine le temps de l'identifier mentalement, il avait déjà disparu. J'étais médusé. Pouvait-il s'agir d'une erreur ? Non, j'étais certain de ce que j'avais vu. Il était près de 2 heures du matin à Paris, il fallait que je joigne Malika. Au bout de deux sonneries elle prit l'appel.

« Pas d'ennuis, Tristan ? dit-elle d'une voix engourdie par le sommeil.

— Non, tout va bien, je vous rassure. Je suis confus de vous réveiller, mais vous n'allez pas le croire, devinez qui je viens d'apercevoir ?

— Vous ne croyez pas qu'il est un peu tard pour jouer aux devinettes ?

— Le représentant du ministère !

— Non... Armand Voisin ?

— Oui ! Votre lugubre Armand Voisin en chair et en os.

— Bon... Supposons que ce soit lui, qu'est-ce que cela signifie ?

— Je n'en sais rien, mais vous avouerez que c'est étrange. Au moment où je dois rencontrer SiYoung Pak, apercevoir ce sinistre personnage dans un hôtel à deux cents mètres du mien, c'est tout de même troublant, non ?

— Il était seul ?

— J'ai l'impression que deux autres types l'accompagnaient. L'un d'entre eux avait vraiment une salle gueule, l'autre était de dos.

— À quelle heure devez-vous rencontrer SiYoung demain ?

— À 5 h 30 du matin au club Equinox.

— Ce qui fait 11 h 30 à Paris, j'ai le temps de vérifier s'il était sur les listes des passagers d'Air France ou d'Air Canada et s'il est en déplacement professionnel ou non. Rappelez-moi le nom de l'hôtel ?

— Le Park Hyatt, au numéro 4 sur Avenue Road, à quelques pas d'Equinox.

— Qui est au courant de votre rendez-vous de demain ?

— Personne, à part vous, le concierge et SiYoung, sauf si notre conversation a été écoutée, mais elle avait pris le soin de me rappeler sur ma ligne fixe.

— Quelle ligne fixe ?

— Celle d'Eiberlacho.

— Oubliez ça, la ligne est probablement sur écoute.

— Malika, je ne vous entends plus, vous êtes toujours là ?

— Écoutez-moi bien, voilà ce que vous allez faire. Rentrez à l'hôtel, saluez le concierge, demandez à la réception un réveil pour demain à 5 heures puis regagnez votre chambre. Débarrassez-vous de la carte SIM de votre téléphone. N'utilisez aucune ligne de l'hôtel, ni internet, mais seulement votre téléphone crypté pour contacter SiYoung. Ne réservez aucun Uber, prenez des taxis, payez en liquide. SiYoung ne doit surtout pas se rendre à Equinox demain matin, vous non plus. Ensuite, vous quitterez l'hôtel ce soir en toute discrétion et n'y revenez plus. Je vous rappellerai dans deux heures, le temps de vous trouver un lieu d'atterrissage pour la nuit. À plus tard. »

Je ne m'attendais pas à ça. Je lui fis confiance et j'appliquai son plan à la lettre. De retour dans ma chambre, j'envoyai un texto à SiYoung. «J'ai besoin de vous parler, où puis-je vous rencontrer?» Elle répondit, dix secondes plus tard: «Demain, comme prévu.

— Non, on annule. À quel numéro puis-je vous joindre?

— Rencontrons-nous au 471 Bloor West dans trente minutes, deuxième étage, aux religions. »

Cette fille était d'une prudence extrême. Que voulait-elle donc dire par «aux religions»?

Il fallait encore quitter l'hôtel sans être vu. Au neuvième étage, un couloir aérien reliait la tour principale à celle des résidences. Je descendis dix étages en trois secondes. Un couple de garçons asiatiques à peine sortis de l'adolescence, aux physiques androgynes, quittait le spa de l'hôtel en peignoir et Ray-Ban. Ils se dandinaient sur la passerelle de verre et prenaient des selfies. J'eus l'idée de leur proposer de les photographier avec en contrebas l'immense fontaine rouge à trois étages, érigée devant l'entrée de l'hôtel sur un dallage en forme de tapis persan. Cette composition les enchanta et je les suivis sur la passerelle jusqu'au bout du couloir dont ils ouvrirent la porte d'accès à la tour des résidences avec leur clef magnétique. Je leur emboîtai le pas et leur souhaitai un bon séjour. Je descendis discrètement les neuf étages par l'escalier pour éviter les caméras de surveillance des ascenseurs. La sortie de service débouchait sur Scollard Street.

Un taxi Beck orange et vert m'emporta au 471 Bloor West en moins de dix minutes. C'était l'adresse d'une librairie de livres bon marché et de disques d'occasion. À cette heure-là, le magasin était fréquenté par des étudiants et la queue devant la caisse témoignait des beaux jours du livre en Amérique du Nord.

J'empruntai l'escalier et cherchai le rayon « religions ». Il était tout au fond du magasin. Une grande asiatique aux cheveux lissés auburn consultait des ouvrages. Elle était vêtue d'un jean délavé et d'un tee-shirt blanc avec un tapis de yoga roulé en bandoulière. Je me glissai derrière elle. « Vous êtes Tristan, n'est-ce pas ? », murmura-t-elle. Elle paraissait plus moderne et plus jeune que sur sa photo officielle de l'université.

Elle susurra : « Pourquoi ce changement soudain ? », le visage toujours tourné vers les rayonnages.

J'attrapai un livre sur le taoïsme qui se trouvait juste à sa droite.

« Le numéro fixe auquel vous m'avez appelé en France était probablement sur écoute. Il se peut que des personnes indésirables aient été informées de notre projet de rencontre à Equinox. »

Elle s'écarta des rayonnages un instant et vérifia discrètement si nous étions seuls.

« Êtes-vous certain de ne pas avoir été suivi ? Il y a un restaurant japonais juste en face. Installez-vous, je vous rejoindrai dans dix minutes. »

Je replaçai sur l'étagère mon livre à neuf dollars quatre-vingt-dix-neuf et sortis de la librairie. Mon téléphone sonna. C'était Malika. Elle m'avait fait une réservation pour la nuit au Thompson Hôtel sur Wellington West.

« Avez-vous rencontré SiYoung Pak ?

— Je la retrouve pour dîner dans dix minutes. »

Elle s'était procuré les listes des passagers d'Air France, d'Air Canada, d'Air Transat et d'Icelandair au départ de Paris ces six derniers jours. Armand Voisin n'y figurait pas.

XVI

La porte étroite s'ouvrit. Une jeune fille en jupe noire, chemisier blanc et talons hauts s'inclina légèrement. Elle avait le teint pâle et les yeux en amande. Je la suivis dans la pénombre d'un labyrinthe de cases nipponnes en caillebotis. Elle avançait à petits pas, en traînant les pieds, les genoux en dedans et m'installa dans un petit compartiment à la lumière tamisée et au plafond bas. Dix minutes s'écoulèrent et SiYoung Pak arriva, le pas beaucoup plus assuré que la serveuse en kimono qui apportait le thé.

« Vous devez me prendre pour une folle avec toutes ces précautions !

— J'ai cru comprendre que vous avez de sérieuses raisons d'être vigilante après ce qui vous est arrivé à Toulouse.

— Vous êtes au courant ?

— Je tiens uniquement d'un officier de la police judiciaire que vous avez été agressée et gravement molestée au CBI de Toulouse, puis enlevée et que cette tragédie aurait pu très mal finir.

— C'est tristement exact.

— Quel était le mobile de vos agresseurs ?

— J'ai eu tout le temps d'y penser à Toronto. C'est une longue histoire peut-être pourrions-nous d'abord passer la commande. Voulez-vous une *bento box* ? »

Elle n'attendit pas la serveuse et disparut quelques instants pour aller commander directement en cuisine. SiYoung était d'une beauté fade. Sa plastique était impeccable mais paraissait artificielle, elle n'inspirait rien, ne souriait jamais, le quart droit de son visage était plongé dans l'ombre d'une longue frange asymétrique en rideau. Sa féminité s'exprimait par la texture et le lustre de ses longs cheveux, une poitrine puissante et surtout par ses mains, aux doigts très fins et aux ongles irréprochables. Tout le reste était froid, absent, inhabité et laissait penser que la joie et le bonheur avaient fui ce corps parfait. Visiblement, elle cherchait à tout contrôler. De retour, elle accrocha sobrement le fil de la conversation là où nous l'avions laissée.

« À Toulouse, les enquêteurs ont décidé que cette affaire était liée à des milieux mafieux d'Europe centrale qui auraient cherché à s'approprier nos données scientifiques pour les manipuler et les commercialiser sous forme de pseudo-découvertes technologiques sur des plateformes de monnaies cryptées.

— Vous n'avez pas l'air de partager cette explication.

— Je n'ai jamais pris cette hypothèse au sérieux. C'est la raison pour laquelle je suis venue à Toronto. En France, je ne me sentais pas du tout protégée, j'étais vulnérable et toujours à la merci de mes ravisseurs.

— Peut-être pourrions-nous parler de Germain. Qu'est-ce qui vous a amenée à vous intéresser à lui ?

— Je préparais une intervention sur l'homéostasie. Selon Claude Bernard l'homéostasie désigne le processus selon lequel tout système vivant tend à garder son milieu cellulaire et extra-cellulaire en équilibre pour assurer un fonctionnement normal des organes vitaux. Grâce à l'homéostasie, les systèmes nerveux et endocriniens détectent et corrigent les anomalies. Ainsi, on pourrait imaginer que, sans élément perturbateur externe, tout système vivant serait à l'équilibre.

— Si je vous suis, il suffirait d'éliminer les éléments perturbateurs pour éviter les maladies.

— C'est effectivement un peu l'idée. Agir sur les causes et non sur les symptômes. Une hypothèse simple : éliminez les aliments transformés, les conservateurs, les colorants, la pollution, le stress, les pesticides, le tabac, les métaux lourds, le sucre, l'alcool, le manque de sommeil et vos cellules pourraient durer plus de cent vingt ans !

— C'est beaucoup !

— Peut-être même jusqu'à cent trente ans, ce qui est peu en comparaison d'autres espèces ! C'est en feuilletant une revue scientifique du début du XXe siècle que je suis tombée, tout à fait par hasard, sur un article de votre grand-père. En bon disciple de Claude Bernard, le père de la médecine expérimentale, il démontrait les dispositions du corps à se réparer lui-même, grâce à l'homéostasie, fondement de notre pouvoir d'autoguérison. Claude Bernard avait identifié la capacité de chaque cellule à se guérir, notamment lorsqu'elle est détériorée par des agents toxiques extérieurs. Votre grand-père, après Claude Bernard, développait le principe que, pour se réparer, la cellule se nourrit de ses propres parties endommagées en les démantelant et en les digérant. Après avoir démonté ses propres structures défaillantes, la cellule les reconstruit avec des éléments sains. L'idée de votre grand-père était que si la guérison peut se produire au niveau de chaque cellule, alors la guérison peut intervenir au niveau de l'ensemble du corps. Votre grand-père comparait ce phénomène au pouvoir de régénération dont disposent les amphibiens, en particulier les salamandres, lors de l'ablation d'un de leurs membres, qui favorise la repousse de la partie mutilée. Cet article fut écrit en 1919 à une époque où la génétique moderne n'existait pas encore. Par curiosité j'ai cherché à en savoir plus sur votre grand-père et ses travaux. C'est ainsi que j'ai découvert qu'il prodiguait des soins inhabituels aux ouvriers des ardoisières de la vallée de la Vézère. Ses travaux m'intriguaient d'autant plus que la nature réelle des soins qu'il dispensait, apparemment avec succès, n'avait jamais été académiquement constatée. C'est ce qui m'a amenée à enquêter sur la pharmacopée qu'il employait. J'ai monté un programme de recherche fondé sur des entretiens avec les descendants de patients qui résidaient à Travassac, Donzenac et Allassac. Ce travail a été très laborieux mais absolument captivant. Sur une cohorte de cinq cents patients traités par votre grand-père, j'ai réussi à travailler avec une trentaine de leurs descendants, majoritairement petits-enfants ou arrière-petits-enfants. Aucun n'avait eu connaissance de la nature des traitements, mais tous savaient que leurs aïeuls avaient été guéris. L'étude commença à devenir passionnante quand on découvrit que les patients de Germain décédaient entre 76 et 95 ans, à une époque où l'espérance de vie moyenne ne dépassait guère 55 ans pour les hommes. Ces chiffres étaient d'autant plus étonnants que les sujets étaient exposés à une forte pénibilité du travail mais aussi à la rudesse du climat.

— Vous êtes en train de me dire que les soins que dispensait mon grand-père non seulement rééquilibraient les patients physiologiquement, mais agissaient aussi sur leur longévité ?

— Absolument ! »

Évidemment, j'ai pensé à l'*eiberlacho*, la « salamandre », à la longévité présumée d'Étienne Béronie, de Louise Carter et de Jehan. J'ai posé la question à SiYoung, notamment sur leur apparente préservation physique.

« Le sujet de l'apparence physique est revenu constamment dans mes enquêtes auprès des descendants. Tous affirmaient, photos à l'appui, que leurs aïeuls paraissaient beaucoup plus jeunes que leur âge, malgré des conditions d'exposition au soleil et au froid très supérieures à la moyenne. L'enquête semblait attester que Germain Cluzan avait découvert des moyens naturels de régénération agissant sur les mécanismes physiologiques du vieillissement. Mais ce n'est pas tout. En poursuivant mes recherches, j'ai trouvé des faits tout à fait surprenants. Plus de quatre-vingts pour cent des descendants traités par Germain pratiquaient le jeûne alimentaire. Quand je les ai questionnés sur l'origine de cette pratique, tous ont évoqué des habitudes familiales issues de traditions diverses. Mais une étude sur des descendants de familles voisines, de même profil socioculturel et religieux, mais dont les aïeuls n'avaient pas été traités par votre grand-père, a attesté qu'aucun ne pratiquait le jeûne. Cela nous a amenés à penser que Germain, entre autres choses, prescrivait le jeûne thérapeutique à ses patients et que les résultats physiologiques étaient tels que ces pratiques se sont transmises naturellement parmi leur descendance.

— Je veux bien vous entendre, mais ce jeûne ne pouvait pas fonctionner chez des sujets affaiblis ou malades, n'est-ce pas ?

— Détrompez-vous, votre grand-père l'a prouvé. C'est incroyablement puissant. Si on s'y prend bien, le jeûne physiologique exalte les capacités réparatrices de l'homéostasie. Coupé de sa source d'alimentation, l'organisme, en quête d'énergie, se tourne vers ses propres réserves et inventorie dans ses tissus les protéines, les graisses, les vitamines et les minéraux en stock qu'il peut utiliser sans nuire à son équilibre. C'est ce qu'on appelle l'"autolyse", que vous connaissez sans doute sous le nom d'"autophagie". L'organisme désintègre les tissus usés et endommagés, recycle les matières réutilisables et élimine les déchets malsains. Les tissus altérés sont remplacés par de nouveaux tissus sains que l'organisme synthétise lui-même. En régénérant les tissus, l'autolyse favorise une forme de palingénésie, de renaissance, de rajeunissement. En outre les corps cétoniques autoproduits par le foie en absence de glucose vont permettre une détoxication et parfois de guérir des pathologies chroniques résistantes aux traitements exclusivement médicamenteux. Les résultats les plus importants sur l'homme ont été constatés sur l'arthrite rhumatismale, l'hypertension, le diabète, l'obésité, certaines maladies dermatologiques, l'anxiété et le *burnout*. Les cétones sont aussi utilisées dans le cas de maladies dégénératives comme la maladie d'Alzheimer. Mais pour que les effets soient si apparents, comme dans les cas de Louise Carter ou de Jehan, il faut soit des dispositions génétiques très particulières soit un système de stimulation des cellules souches de la peau. J'avais malheureusement publié les premiers résultats du programme au sein du CBI de Toulouse. J'ignorais bien sûr que tous nos ordinateurs étaient piratés et que mes travaux étaient épiés. Je cherchais à découvrir quel stimulant biologique pouvait apporter de tels résultats. J'ai décidé de me rendre à Eiberlacho, le domicile de votre grand-père, en quête d'indices. Votre maison était fermée. J'étais devant le portail et j'ai rencontré Pierre votre voisin, qui m'a informée que vous viviez en Californie. Il revenait de Toulouse pour une opération de la hanche. Quand il a appris que je travaillais au Centre de biologie intégrative, il a paru très intéressé, nous avons vite sympathisé. Je lui ai posé des questions sur votre grand-père, Germain. Il m'a parlé de son propre père, en particulier de son admiration sans borne pour Louise, de son décès à quatre-vingt-treize ans, à un âge avancé comme la plupart des patients de Germain. J'ai commencé à penser que l'eau de votre puits pouvait contenir des substances susceptibles d'agir comme stimulant des cellules souches. Pierre m'a accompagnée chez vous pour procéder à des prélèvements. Par la suite, l'analyse labo a mis en évidence un apport de micronutriments de grande qualité, mais aussi l'existence de molécules protéiques en abondance, liées à des algues pourpres chargées en antioxydants, susceptibles d'accélérer la régénération des tissus. Le plus étonnant, c'est que ces algues proviennent d'acides dus à la décomposition des feuilles de votre grand magnolia. Je tenais la clef de ce système étonnant de régénération cellulaire. Cent ans avant l'émergence des thérapies géniques, Louise et Germain ont conçu un système permettant d'approcher l'éternelle jeunesse. Malheureusement, ceux qui ont piraté nos systèmes informatiques ont eu aussi accès aux mêmes informations. »

La démonstration de SiYoung rendait tout subtilement compréhensible: les travaux de Louise à Eiberlacho, son retour, son installation à proximité de la demeure de Germain, le projet de centre de recherche en thérapie génique, et aussi Jehan qui, en passeur, soutenait le projet et déployait toute son énergie pour que je ne me sépare pas de cette maison qui devait rester ce qu'elle était depuis des siècles, une demeure de l'Ordre, le cœur de l'espérance de l'éternelle jeunesse, grâce à la source qui alimentait le puits sous le grand magnolia.

Jehan avait été en somme le dernier gardien du secret de l'Ordre. Il avait tenté de me le transmettre, d'éviter qu'il ne tombe entre des mains illicites. Je comprenais enfin ce qui réunissait Louise et Germain, au-delà de leur amour, et de l'énergie du lieu, que

Madeline était capable de capter, comme Louise. Ce qui les rapprochait, c'était Eiberlacho.

Restait à découvrir la nature et le mobile des meurtres. SiYoung n'était pas dépourvue d'idées. Elle considérait que plusieurs forces agissaient avec des objectifs et des degrés de nuisance très différents. Concernant son agression, elle écartait l'hypothèse mafieuse mise en avant par l'enquête de Toulouse. Selon elle, il y avait, parmi ses agresseurs, un Français très en retrait qui semblait diriger les opérations. Elle ne vit jamais son visage, mais elle l'entendit parler à plusieurs reprises lors de son agression.

«Ils étaient d'une violence sordide, mais leur comportement n'était pas celui auquel on pouvait s'attendre.

— Que voulez-vous dire?

— C'est étrange, mais ils n'ont jamais cherché à s'approprier nos travaux. Au contraire, ils cherchaient à tout effacer, à tout supprimer et à faire disparaître ceux qui y avaient eu accès. Étonnamment, leur chef ne s'exprimait pas comme les deux autres, il n'avait pas le ton d'un malfrat et parlait comme quelqu'un d'éduqué. Des voyous intéressés par nos travaux n'auraient jamais détruit le matériel de recherche, ils s'en seraient emparés à des fins de commercialisation pour leur compte ou pour celui de leurs commanditaires. Je sais que cela peut paraître étrange, mais je pense que ceux qui sont derrière l'offre de rachat d'Eiberlacho ne sont pas les mêmes que ceux qui m'ont agressée et qui ont assassiné Louise et Jehan. »

J'essayais de suivre son raisonnement, d'un côté des voyous qui chercheraient à mettre la main sur le secret de Germain et Louise à des fins mercantiles et de l'autre une organisation criminelle qui s'attacherait à effacer toutes les traces relatives à leurs travaux et à détruire tous ceux qui de près ou de loin en connaissaient le sens.

« Qui pourrait avoir intérêt à vouloir tout supprimer ?

— On vit dans un monde où la génétique exalte les fantasmes les plus extrêmes. Regardez simplement en Occident le déchaînement de violence autour des plantes transgéniques, alors qu'elles sont utiles à de nombreuses populations en détresse alimentaire. Pourtant elles n'ont jamais porté directement atteinte à la santé publique contrairement à des industries comme la chimie, les transports ou l'énergie nucléaire. Alors, vous imaginez, s'attaquer comme le font les Coréens du Sud ou les Anglais aux gènes du vieillissement et aux thérapies cellulaires, c'est briser des tabous encore plus forts que l'avortement dans les années 70. Il y a malheureusement toujours des ayatollahs prêts à tout, au nom de je ne sais quoi, pour lutter contre toute forme de transformation de la société !

— Vous pensez à une organisation sectaire engagée dans la lutte contre les manipulations génétiques ?

— On ne peut rien exclure. Certains fanatiques issus de milieux ultraconservateurs rejettent avec violence la médecine du génome et tout ce qui touche de près ou de loin aux travaux sur l'embryon humain, qu'ils soient réglementés ou non.

— Mais les thérapies de Germain étaient biologiques et naturelles. Qu'est-ce qui aurait pu amener des mafieux et des criminels à s'y intéresser tout à coup et surtout pourquoi aujourd'hui?

— Ces événements ne sont peut-être pas aussi récents qu'on le pense, et rien ne prouve que Germain et Louise n'ont pas subi, en leur temps, des actes de violence perpétrés aussi par des fanatiques. Il est très difficile de retrouver aujourd'hui des traces d'exactions datant de quatre-vingt-cinq ans, car ces gens agissaient dans l'ombre et à visage couvert. Regardez simplement le décès de Louise, il aura fallu une seconde autopsie approfondie pour établir qu'elle a été empoissonnée et qu'elle n'est pas morte d'un simple arrêt cardiaque, comme le ministère le prétendait. Lors des recherches sur les familles des patients de Germain, je suis tombée sur des éléments très inquiétants dont j'ai pu vérifier l'exactitude grâce à des archives de la presse locale. Ainsi, en août 1944, un engin explosif a été placé à l'intérieur de la pharmacie. Par chance, votre grand-père était dans son labo à l'arrière, en train de faire des préparations, mais la boutique a été dévastée. Les habitants du bourg attribuèrent l'attentat à une rivalité de pouvoir entre l'Armée secrète de basse Corrèze dont Germain était très proche et les FTP. Selon un expert que j'ai rencontré au Centre d'études Edmond-Michelet, le maquis limousin, la "région 5", était l'un des plus actifs de France. Il était alimenté par des jeunes qui refusaient d'aller travailler en Allemagne avec le STO mis en place par le gouvernement de Vichy dès février 1943. En août 1944 Brive se libéra et les luttes d'influences pour le contrôle du territoire entre maquisards gaullistes et communistes étaient telles qu'elles prirent souvent des allures de guerre civile. Dans le contexte de l'époque, l'explosion de la pharmacie n'étonna personne. Germain était victime des dommages collatéraux de la Libération. »

Évoquer les maquis corréziens avec une jeune femme d'origine coréenne, dans un restaurant japonais à Toronto, l'entendre évoquer des pages si complexes de notre histoire avec autant de fluidité m'avait fait oublier l'heure avancée et le *jetlag*.

« Les étrangers nous connaîtraient-ils mieux que nous-mêmes ? », lui demandai-je et j'eus droit à l'esquisse du premier sourire depuis notre rencontre. Un tout petit sourire, si furtif qu'il n'eut pas le temps d'illuminer son visage. Sa sévérité apparente n'était peut-être que le masque de sa souffrance. Elle continua :

« Mais ne croyez pas que le calvaire de votre grand-père se soit arrêté là ! À huit mois d'intervalle deux camions chargés à bloc de marchandises finirent leur course dans la pharmacie, la détruisant encore à deux reprises. Le destin voulut que votre grand-père échappe de nouveau à ces accidents. La gendarmerie conclut à une rupture de freins dans la longue descente de l'ancienne nationale. Œuvre du hasard, malchance ou préméditation, nous ne saurons jamais ce qui s'est passé, ni la véritable origine de son décès à soixante-cinq ans, ni même la raison du départ de Louise aux États-Unis qui reste pour moi une énigme, compte tenu de leur amour. »

Comme un retour brutal à la réalité, SiYoung conclut en déclarant que nous étions sans doute les derniers survivants à connaître le secret d'Eiberlacho, mais que nous n'étions pas les seuls et que, en cela, nous restions vulnérables. Je lui racontai ma rencontre fortuite avec Armand Voisin dans l'après-midi en passant devant le Hyatt.

« Il ne s'agit peut-être que d'une simple coïncidence, mais c'est la raison pour laquelle Malika, l'officier de la police judiciaire, a suggéré de modifier nos plans et de quitter l'hôtel. »

Elle sembla dubitative, réfléchit un instant et me demanda, un éclair de compassion ou de curiosité dans le regard :

« Que pensez-vous faire maintenant que vous connaissez le secret d'Eiberlacho ?

— Je l'ignore. Votre rencontre m'a éclairé, mais elle m'a aussi bouleversé. Vous comprenez que je ne peux pas repartir à Los Angeles et vous laisser avec le poids des menaces que vous supposez, cette affaire touche à ma famille, à Eiberlacho, et vous n'avez pas à en subir les conséquences.

— Non, Tristan, vous n'avez aucune responsabilité ni aucun devoir à mon égard. Tout cela est l'œuvre du hasard. Nos destins se sont croisés, chacun en quête d'informations sur une affaire qui intéressait d'autres que nous. Maintenant que nous savons, mettons un voile sur cette histoire et surtout faisons en sorte d'éviter le danger.

— Il est très tard et le décalage horaire ne m'aide pas à rester éveillé. J'ai besoin de penser à tout ça à tête reposée. La nuit va m'aider. Je vous appellerai demain pour en discuter si vous voulez bien. »

Elle m'accompagna jusqu'à un taxi et, au moment de nous séparer, je fus surpris qu'elle me serre dans ses bras comme si elle me voyait pour la dernière fois.

En me retournant, j'ai regardé par la vitre arrière sa silhouette immobile s'éloigner, j'ai entrevu le poids de sa solitude.

XVII

Malika avait bien organisé les choses. L'hôtel Thompson était tout proche. Le hall d'inspiration californienne grouillait de *fashionistas* et de *club crawlers* en quête d'action. La saison du Festival international du film de Toronto, qu'on appelle le TIFF, battait son plein. L'enregistrement prit à peine deux minutes et l'hôtesse d'accueil d'origine indienne me proposa de rejoindre la réception du TIFF sur le *rooftop*. Elle me vanta la vue magnifique sur Toronto, la piscine et la présence ce soir de célébrités de séries télé, Megan, Sarah, Patrick... Je n'en connaissais aucune ! Dépitée face à tant d'ignorance, elle dit dans un sursaut de compassion : « Regardez à droite la blonde avec la robe noire sans manches, c'est Michèle, elle est fantastique, c'est une Française, elle joue dans *Hey Good Looking !*, vous devez la connaître ! »

Je la remerciai, mais ne forçai pas le destin, car cette journée de plus de trente-deux heures n'appelait que le bonheur d'une douche et le miracle d'une nuit de sommeil.

Le décalage horaire ruina toute velléité de grasse matinée. Il était 5 h 30, l'instant où je devais initialement rencontrer SiYoung au club Equinox. Je décidai d'aller explorer le bar sur le toit dans la promesse de l'aurore qui s'annonçait. Il faisait encore nuit, l'étage était désert. La terrasse façon South Beach gardait quelques stigmates de la réception du TIFF. Au loin, la ligne d'horizon de la ville scintillait, la tour CN rouge vif semblait s'élancer à la conquête de l'espace. Sans la quitter des yeux, je m'enfonçais dans l'eau chaude et fluorescente de la piscine. Je guettais les premières lueurs de l'aube et avec elles les signes que pourrait m'adresser le monde. Je m'imprégnais de l'énergie de la ville qui ne semblait pas s'être endormie. Mon portable sonnait, je sortis de la piscine pour prendre l'appel. C'était la voix de Malika.

« C'est à mon tour de vous tirer du lit, cette fois ! Au moins si on se parle, je peux penser que tout va bien. J'ai des nouvelles, Armand Voisin est bien à Toronto ! Il est arrivé avec deux autres personnes par American Airlines, via les États-Unis. Les trois billets ont été payés à partir d'une carte bancaire française à son nom. On connaît bien l'un des deux accompagnateurs, c'est un slave fiché par nos services. Il a fait de la prison pour extorsion en bande organisée, viols, trafic de stupéfiants et port d'arme illicite. Il a la réputation d'être très violent. L'autre, d'origine sarde, est inconnu chez nous.

— Étonnantes relations pour quelqu'un du ministère...

— Nous avons fait des recherches poussées. Il semblerait qu'Armand Voisin soit proche de milieux ultra-intégristes romains, il aurait des relations étroites avec ce qu'on appelle la "sainte Mafia". Il était membre des commandos extrémistes anti-IVG, proche du mouvement américain Pro-Life, mais nous ne savons rien de plus. Son assistante nous a déclaré qu'il était en congé pour la semaine. Vous aviez vu juste, c'était bien lui ! Ils sont tous les trois au Hyatt.

— Que me conseillez-vous, Malika ?

— Vous devez redoubler de prudence. Prévenez SiYoung Pak dès que vous le pouvez. Et il y a aussi autre chose... En consultant la liste des passagers d'American Airlines nous avons découvert que Madeline, la protégée de Louise Carter, se trouvait également à bord.

— Sur le même vol qu'Armand Voisin ?

— Exactement les mêmes vols. D'abord sur le Paris-New York de Delta puis sur American jusqu'à Toronto. Armand Voisin et ses acolytes étaient enregistrés en business tandis que Madeline voyageait en classe économique. »

J'avais du mal à le croire ou plutôt à l'accepter. Que venait faire Madeline à Toronto avec Armand Voisin et ses complices. Pourquoi ne m'avait-elle rien dit de ce déplacement? Je n'y comprenais plus rien.

«Tristan, tout ça ne sent pas très bon. Ces gens sont probablement là pour vous. Ils ont dû savoir que vous êtes à Toronto pour rencontrer SiYoung Pak aujourd'hui par les écoutes d'Eiberlacho. En découvrant que vous n'étiez ni à votre hôtel ni au rendez-vous convenu à Equinox, ils vont chercher par tous les moyens à vous localiser, peut-être en s'appuyant sur des complicités locales. Alors écoutez-moi bien, je vais vous réserver une petite maison par Airbnb, sous une fausse identité. Elle est située à deux heures et demie de route au nord, dans la région des lacs, vous y serez en sécurité. Demandez à SiYoung de vous rejoindre aujourd'hui, à 8 heures à l'aéroport Billy Bishop sur l'île de Toronto au hangar 6. Un ami pilote vous attendra pour vous emmener en hydravion au cottage. Faites vite!»

Je m'en remettais une fois de plus à l'incroyable efficacité de Malika. Je contactai immédiatement SiYoung en lui demandant de me rappeler d'une ligne sécurisée et quittai l'hôtel sans tarder. Armand Voisin était visiblement *le cancer* désigné par Jehan, son assassin, celui de Louise et le tortionnaire de SiYoung. L'annonce que Madeline était du voyage avec ce monstre m'obsédait. J'étais un imbécile. Il aurait fallu vivre blasé dans une parfaite indifférence, sans rien attendre de personne et n'être ainsi jamais déçu ni trahi, agir avec raison et non avec son cœur. Voilà à quoi je rêvais en cet instant, mais la vie ne m'avait pas encore enseigné ça ! Pourtant Madeline avait parlé de *ce cancer qu'il fallait éradiquer*. Une pensée terrible m'effleura, cherchait-elle à venger Louise ? Elle avait au Canada des relations peu recommandables au sein du milieu, des gens de la nuit, des dealers et suffisamment de complicités locales pour monter un mauvais coup. Pour m'en convaincre, j'adressai un message à Malika pour lui demander si le vol comportait une certaine Komal Vassumathi ou Audrey Demarbaix ?

J'arrivai à Billy Bishop, l'aéroport du centre-ville. Situé sur une île, il était réservé aux bimoteurs qui opéraient des vols locaux et internationaux à destination des capitales régionales de la côte est. En approchant du hangar numéro 6 je discernai la silhouette de SiYoung. Elle discutait avec Peter Hughes, le pilote qui terminait la visite pré-vol d'un Cessna 180 monté sur des flotteurs équipés de roues.

« Malika vous a organisé un super-séjour, dit-il, elle m'a demandé de vous emmener dans le district de Muskoka, sur le lac Joseph. Vous verrez, c'est très beau et la météo est avec nous ! »

SiYoung, qui n'était jamais montée à bord de ce type d'engin, contenait son angoisse comme elle pouvait. Elle auscultait le petit monomoteur sous tous les angles. Elle s'étonna qu'il n'eût qu'une seule hélice, puis passa sous les ailes pour observer la structure des volets et le cheminement des câbles qui animaient la dérive arrière. Elle grimpa sur le flotteur et se hissa jusqu'à la cabine pour voir à quoi elle ressemblait.

« Vous êtes sûr qu'on va tous rentrer là-dedans ?

— Montez et installez-vous, le tour de manège va bientôt commencer, lança Peter qui s'installait aux commandes. »

Je me glissai à l'arrière avec les bagages pour que SiYoung profite de la navigation et du poste de pilotage. Peter donna les consignes de sécurité relatives à l'appareil, tandis que l'engin s'ébrouait dans un boucan d'enfer. Une voix parasitée cracha : « Lima Romeo Whiskey, autorisé décollage, piste 15, vent du 170, 8 nœuds. » Les gaz à fond, lesté par ses flotteurs, le petit Cessna avait du mal à s'extraire de la gravité, la piste défila de plus en plus vite, le nez de l'engin se souleva et occulta progressivement la ligne d'horizon. Tout devint plus léger. Le lac scintillait, le bulbe de la tour CN parut tout proche et les toits des gratte-ciel du quartier des affaires ressemblaient déjà à des pièces de lego parfaitement alignées.

Après quelques minutes on survolait le lac Simcoe. Peter nous apprit qu'il avait rencontré Malika à l'université McGill à Montréal où elle suivait un programme d'échange en criminologie à la faculté de droit. Il était étudiant en ingénierie mécanique et ils étaient tous les deux membres de l'équipe de triathlon de l'université. Ils avaient l'habitude de se retrouver depuis quinze ans une à deux fois par an sur le circuit des triathlons internationaux. « Malika est fan de Muskoka ! Depuis qu'elle a découvert l'endroit elle s'arrange pour prendre tous les ans une semaine de vacances sur place avant l'Ironman auquel elle participe chaque fois. »

Cinquante minutes de vol, nous venions de passer Gravenhurst. Peter amorça la descente sur le lac Joseph. Des bouquets de résineux aux épaisses chevelures vert foncé défilaient sur les côtes rocheuses. Ici et là, sur des îlots bordés par des criques et des pontons privés, des toits émergeaient entre les arbres. L'eau se rapprochait, l'impact était proche. Le Cessna partit dans des oscillations, un bruit sourd et quelques vagues transformèrent notre aéronef en engin flottant. Animé par la rotation de l'hélice, Peter le dirigea vers un long ponton de bois au bout duquel semblait flotter un chalet qui abritait plusieurs bateaux à moteur. Le lac était redevenu lisse, nous étions sur un îlot. Les éminences rocheuses coiffées de pins colonnaires avaient des airs de Maré aux îles Loyautés, on se serait cru en Nouvelle-Calédonie. Mais ici, point de flèches faîtières ni de pirogues, juste un couple de fauteuils Adirondack qui faisaient face au large, sous un mât où flottait le pacifique drapeau à feuille d'érable rouge vif qui tranchait avec l'azur.

Peter nous invita à prendre un sentier ombragé qui menait au chalet. Il chercha quelques instants les clefs que le propriétaire avait laissées dans la véranda. La maison offrait une vue à trois cent soixante degrés sur le plan d'eau parsemé d'îles et de détroits vert sombre. Il déplia une carte pour nous indiquer où nous étions: «Le village est à quinze minutes de bateau pour les courses et le ravitaillement en gazoline. Si vous vous sentez trop isolés, vous pouvez toujours aller dîner au Marriott sur le lac Rosseau, ça ne vous prendra pas plus de vingt-cinq minutes.»

Muskoka était l'immense terrain de jeu marin des banquiers de Bay Street. Ici, tout se passait sur l'eau ou au bord de l'eau, on se déplaçait en hors-bord pour rendre visite aux uns, aux autres, et on regagnait Toronto en hydravion, le soir pour éviter les embouteillages. Les plus beaux jouets motorisés étaient abrités sous des *house-boats*, les célèbres garages à bateaux au style vintage qui réfléchissaient les scintillements du lac.

Avant de partir, Peter vérifia le fonctionnement des réserves d'eau, celles du groupe électrogène et des moteurs des canots. Il nous laissa ses coordonnées pour l'appeler quand nous voudrions partir, puis frappa une aussière au pied du flotteur pour orienter l'hydravion face au large, monta à bord et nous salua d'un geste de la main. À très faible allure, Lima Romeo Whiskey s'éloigna du ponton et quand il fut au milieu de la baie, s'orienta face au vent et s'élança franchement tel un hors-bord. L'écume se creusa en sillon et il déjaugea progressivement. Pleins gaz, il s'éleva lentement, amorça un long virage pour passer au-dessus du chalet et d'un battement d'ailes fit ses adieux avant de disparaître de l'horizon. Nous étions seuls, plantés sur un caillou au milieu de l'immensité lacustre. Sur le ponton, SiYoung contenait une inquiétude qu'elle avait de plus en plus de mal à masquer.

«Jusqu'à quel point êtes-vous prêt à faire confiance à Malika? finit-elle par me demander.

— Les êtres ne sont jamais ce que nous croyons qu'ils sont, mais je n'ai aucune raison de ne pas lui faire confiance.

— J'espère vraiment que vous ne vous trompez pas, car là où nous sommes il n'y a que de l'eau. Ce cottage est une cage dorée dont il sera impossible de s'échapper en cas de problème et s'il devait nous arriver malheur nous disparaîtrions sans que quiconque s'en aperçoive.

— Malika est à la manœuvre depuis mon arrivée à Toronto, c'est elle qui a suggéré d'annuler le rendez-vous d'Equinox pour de bonnes raisons, c'est elle encore qui m'a recommandé de changer d'hôtel et c'est à elle que nous devons d'être sur cette île. Je comprends votre prudence, mais nous devons lui faire confiance.

— Comme à Madeline qui voyage avec Armand Voisin!

— Madeline est un mystère permanent, une énigme vivante. Mais vous semblez oublier que Malika est officier au ministère de l'Intérieur.

— Comme Armand Voisin qui est haut fonctionnaire !

— SiYoung, que proposez-vous d'autre ? Fuir, fuir encore, pour aller où ? Restons planqués ici le temps qu'il faudra et faisons confiance à Malika, je pense vraiment qu'elle cherche à nous aider !

— Tant qu'on ne comprend pas les relations entre les uns et les autres nous ne devons faire confiance à personne, Malika comprise. Je serais vraiment plus rassurée dans une maison sur la terre ferme plutôt que sur cet îlot beaucoup trop isolé. Pourquoi ne pas laisser croire à Malika que nous sommes là et aller nous installer en sécurité de l'autre côté de la baie. Il n'y aura qu'à laisser à l'intérieur du chalet le téléphone crypté qu'elle vous a confié, pour feindre notre présence. Il y a plein de maisons vides en semaine dont les serrures ne résisteront pas à notre perspicacité. Avec une bonne paire de jumelles nous pourrons surveiller les allers-retours des hydravions et des hors-bord autour de l'île. Ainsi, nous ne prendrons aucun risque. »

Sa prudence frôlait la paranoïa. La situation était déjà assez compliquée et je n'avais aucune envie d'argumenter avec cette fille entêtée qui n'écoutait que ses propres intuitions. Je décidais d'accepter.

Le début de l'après-midi se passa tranquillement à repérer sur Google Maps les maisons qui étaient susceptibles d'offrir les meilleurs postes d'observation de l'île à partir de la côte. Elle m'accompagna en bateau pour explorer les vastes étendues d'eau douce, bordées des splendides forêts qui nous enfermaient. C'était l'occasion de faire un peu de ravitaillement. La boutique était située à cinquante mètres d'un quai d'amarrage le long d'une petite route. Elle ressemblait à un comptoir de brousse. Il s'y vendait de tout, nourriture, boissons, matériel de camping, maillots de bain, sandales, moteurs hors-bord, outillage, bois de chauffage et packs de glace, sauf du vin qui même ici restait le monopole d'organismes d'État, les puissants *liquor boards* régionaux. On trouva des torches électriques et aussi l'outillage adapté aux serrures les plus récalcitrantes. Après nos emplettes, notre tournée lacustre nous emmena jusqu'aux maisons que nous avions repérées sur internet.

Sur le ponton de la première, deux couples en maillots de bain applaudissaient des adolescents en train de faire du ski nautique. Mauvais choix ! On longea le rivage jusqu'à la deuxième. Les pontons semblaient déserts, c'était plutôt bon signe ! On s'y amarra quelques instants le temps d'observer discrètement si les maisons étaient habitées ou non. À peine étions-nous à terre qu'un gentil golden retriever vint nous faire la fête. Il était suivi par sa maîtresse, tout aussi conviviale, vêtue d'un tee-shirt et d'un short trop court.

« Excusez Maggie, elle ne pense qu'à jouer, elle n'a qu'un an. Maggie ! Par ici ! Maggie, reviens ! Oui, tu es très jolie, mais ne va plus dans l'eau ! Quelle belle journée pour naviguer, n'est-ce pas ? Profitez-en bien ! »

Elle parlait à sa chienne comme à un enfant puis continua sa promenade le long du chemin qui desservait un petit lotissement de maisons cossues de style Nouvelle-Angleterre dont les bow-windows faisaient face à notre île. Je la suivis quelques instants pour voir si elle s'y arrêtait. Elle continua. Les parkings étaient déserts, sans véhicules ni équipements récréatifs, et les maisons semblaient inhabitées !

SiYoung ouvrit le petit portail de bois de la première, qui permettait d'accéder au jardin. L'arrière de la maison donnait sur un golf. Une grande véranda entoilée d'une moustiquaire servait de stockage au mobilier de jardin, à un barbecue, aux planches à voile et à un joli canoë en bois. La maison était visiblement déjà prête pour l'hivernage ou n'avait pas été ouverte de la saison. Nous sommes entrés dans la véranda en poussant la porte qui n'était pas fermée. Elle communiquait avec la salle à manger par de grandes portes-fenêtres solidement fermées. Il fallait trouver un autre accès. Soudain, SiYoung s'empara d'un piquet de parasol, brisa un carreau puis s'immobilisa cinq secondes.

« C'est bon, il n'y a pas d'alarme. Entrons ! »

J'étais effaré.

« Tristan, c'est trois fois rien et on ne fait de mal à personne. Ce n'est qu'un petit carreau, on s'arrangera pour le faire remplacer et cela coûtera moins cher qu'une serrure à changer. »

J'étais sidéré de voir ce professeur d'université transformé en cambrioleuse. L'intérieur de la maison était plutôt bien décoré dans des tons grèges, blancs et bleus. Elle prit soin de retirer les morceaux de verre jusqu'au dernier et, en parfaite asiatique, se déchaussa. À l'étage, la chambre principale constituait, comme nous l'avions anticipé, un lieu idéal pour observer l'île et le lac. Il nous fallait encore retourner au cottage pour récupérer nos affaires et laisser le téléphone qui devait faussement renseigner Malika sur notre géolocalisation. Je n'étais pas emballé par toutes ces manœuvres, d'autant que je restais dans l'attente d'un message de Malika concernant Komal et Audrey. SiYoung était beaucoup plus détendue, elle pilota le canot pour retourner sur l'île. Les couleurs incendiaires du crépuscule commençaient à envahir l'horizon, comme les moustiques qui ne nous laissaient aucun répit. Je lançai le groupe électrogène pour éclairer la véranda, signe de notre présence factice sur l'île. J'abandonnai le téléphone sur place comme prévu pendant que SiYoung empruntait au chalet une paire de jumelles marines.

Assis sur les fauteuils Adirondack, face à la quiétude du soir, nous attendions la nuit pour rejoindre la côte. SiYoung était perdue dans le silence de ses pensées. Elle semblait méditer. Peut-être s'imprégnait-elle tout simplement de la beauté du monde qui, en cet instant, nous entourait. Quand vint le moment de mettre en route le canot, un hors-bord se dirigeait vers l'île. Il faisait déjà sombre et on ne voyait que ses feux de navigation qui se rapprochaient du ponton. Le moteur ralentit jusqu'à s'immobiliser. Un moment d'angoisse nous envahit. Une voix grave s'inquiéta de savoir si notre installation s'était bien passée et si nous n'avions besoin de rien. C'était Bryan, l'agent du propriétaire. « Tout va très bien, merci, la maison est parfaite et l'île est magnifique ! », s'écria SiYoung. Et, sur ces bonnes paroles, Bryan remit en route son hors-bord et nous souhaita une bonne nuit.

Le lac s'étendait, immobile et grandiose. Nous progressions à faible allure dans la nuit d'encre. À proximité de la côte, je coupai les feux de signalisation et échouai le canot sur une petite plage, à l'est du golf, pour n'éveiller aucun soupçon autour de la maison. Sur le sentier côtier, il n'y avait que l'odeur des pins et un léger clapot qui se levait. De retour dans notre somptueuse tour de guet, nous étions condamnés à évoluer dans le noir. Il fallait apprendre à éviter les coins de table, les angles de murs, le mobilier et apprivoiser chaque relief. À l'étage, le grand lit de la chambre faisait face à une double porte-fenêtre qui offrait un horizon à cent quatre-vingts degrés sur le lac. J'apercevais aux jumelles les lueurs de la lampe qui brillait dans le chalet, au loin sur l'île. SiYoung s'approcha comme une vigie muette. Je proposai de prendre le tour de veille pour les deux prochaines heures. J'avais l'impression de parler à un fantôme dont l'aura ondoyait devant la porte-fenêtre. Elle m'effleurait, s'éloignait puis revenait, dans cette intimité que le noir rendait acceptable. Ses pas feutrés s'enfuirent vers la salle de bains. Le bruit de l'eau envahit la pièce et tout redevint calme. Je l'entendis se dévêtir et se couler avec retenue dans le bain. Le silence reprit, animé par le clapotis de son corps immergé. Un feu vert se déplaçait rapidement vers l'est. Sans doute des plaisanciers qui rejoignaient leur cottage. Rien d'autre à signaler pendant plus d'une heure. Sa voix posée me sortit de la veille nocturne. « Voulez-vous que je vous fasse couler un bain ? »

Son spectre parfumé et invisible flottait dans la pièce avec légèreté. Elle ouvrit des armoires en quête de serviettes de toilette qu'elle ne trouva pas et continua sa recherche, revêtue du seul voile de l'obscurité. Je l'entendis prendre une chaise et s'asseoir devant la fenêtre. Je tentais de deviner sa silhouette, veillant à la hune, mais je n'aperçus que ce que mon imagination me permettait de voir. Je quittai la chambre à mon tour, pour rejoindre à l'aveugle la salle de bains. Son parfum envahissait la pièce comme si elle était encore là. Je sentis le baume de sa présence à proximité, tout proche, imminent. Le silence me dit qu'elle était là, puis ce fut son parfum, puis le clapotis de l'eau et enfin l'ombre de son corps qui fendit l'eau. Je ressentis le contact de sa peau sur mes jambes. Elle entoura ma taille avec ses cuisses, ses mains cherchèrent mon cou et elle m'enlaça sans que je comprenne pourquoi. Je ne la voyais pas mais je sentais tout d'elle, sa peau, sa poitrine puissante, ses cheveux, son haleine, son corps invisible, jusqu'à cette fine toison qu'elle ne m'offrit pas. Pour éviter de me torturer davantage, elle colla son buste si fortement contre mon torse que je ne sentis plus que le contact de son ventre brûlant qui chancelait. Je l'enlaçais à mon tour et je compris qu'elle pleurait. Plus elle m'enlaçait plus je sentais ce chagrin l'envahir. Elle ne m'offrait pas son corps mais sa souffrance dévorante. Nous restâmes ainsi, serrés l'un contre l'autre, loin de ses souvenirs qui la tuaient. Cette offrande tragique voulait dire que l'amour est plus fort que tout, que l'amour guérit tout. Pourtant elle ne dit pas un mot. Longtemps ce soir-là jusqu'à ce que le sommeil m'emporte et peut-être même au-delà, je gardai en moi le souffle de sa chair comme une source chaude. Nos quarts de veille continuèrent, entrecoupés de sommeil. Nous ne parlions pas. Le lever du jour me réveilla. Je ressentis la chaleur de sa présence à mes côtés. Je me retournai. Elle était allongée sur le ventre en short et tee-shirt et scrutait l'horizon, la tête au pied du lit surélevée sur un oreiller.

« Avez-vous bien dormi ? », demanda-t-elle en me regardant comme si elle découvrait mon visage pour la première fois.

La sensualité de cette nuit aveugle et silencieuse s'estompait doucement, au fur et à mesure que gagnait le jour. En quelques instants la pièce s'illumina d'une lumière crue que les scintillements du lac animaient. C'était mon tour de veille. Je scrutais à la jumelle notre île abandonnée. Le ponton était désert. Au loin, un hydravion approchait. Il avait la silhouette typique d'un de Havilland Beaver et longeait la côte à très basse altitude. La *flying-jeep* passa devant le cottage puis continua sa route loin vers le nord. Fausse alerte ! La journée s'étira au rythme des quarts. Nous alternions veille et repos en nous alimentant de soupes chinoises instantanées et de sandwichs au cheddar. À son poste d'observation, SiYoung peu à peu se transformait, s'affirmait. Elle en était presque à espérer que ses agresseurs se présentent. Elle n'était plus la fugitive, d'une prudence extrême qui se terrait dans la soumission aux circonstances. Elle piétinait ses oripeaux de victime et se métamorphosait en chasseresse aux aguets.

Trente-deux heures s'étaient écoulées depuis notre arrivée à Muskoka. À la nuit tombante, lassé d'attendre et de ne rien apercevoir, j'éprouvai le besoin de sortir de ce tête-à-tête angoissant et de prendre l'air. SiYoung, qui ne voulait pas rester seule, m'accompagna. La lune irradiait la baie de lueurs argentées, on y voyait presque comme en plein jour. Je suggérai de faire un tour de canot. Elle prit les commandes jusqu'à notre île qui nous apparut tout aussi calme que la veille. Elle fit demi-tour devant le ponton et prit un cap plein sud. L'air vif fouettait nos visages, le canot planait. Elle réduisit l'allure le long des majestueuses propriétés bordées de jardins qui s'abandonnaient dans l'eau. Une large baie s'ouvrit. Elle remit les gaz furieusement et, enivrée par la vitesse, traversa la baie d'un trait pour ne ralentir qu'à l'approche d'un petit pont, en provoquant une large vague d'écume argentée. L'erre du canot nous propulsa dans le silence des eaux du lac Rosseau.

Quelques embarcations sillonnaient la côte. Au nord scintillaient les lumières de Minett. Des effluves de feux de bois flottaient dans l'air humide. On a laissé à bâbord deux petits hôtels et, sur un promontoire, est apparue la silhouette du Marriott qu'un halo de lune argentait. Je proposai à SiYoung de nous y arrêter. Curieusement elle approuva sans détour. Peut-être avait-elle tout simplement faim, lassée des soupes chinoises et des sandwichs au cheddar. Peut-être était-elle aussi, comme moi, fatiguée de se terrer.

On s'amarra au ponton des jet-skis. Des mélodies empruntées au blues envahissaient les jardins qu'une élégante soirée de mariage avait transformés en guinguette chic. Une succession d'escaliers menait à l'hôtel. La salle du bar était vide. Elle offrait des vues spectaculaires sur le lac et les îles irradiés par la lune. Dès qu'il nous aperçut, le garçon nous informa qu'il lui restait de belles assiettes de fruits de mer. Il dressa deux couverts sur le comptoir qui faisait face à un écran de télé géant. Fidèle à elle-même SiYoung surveillait discrètement les allées et venues des clients dans le hall.

« Sauriez-vous reconnaître Armand Voisin s'il passait par là ? me chuchota-t-elle.

— Bien sûr ! Mais je doute qu'il vienne jusqu'ici.

— C'est dommage !

— Je croyais que nous voulions l'éviter, non ?

— C'était vrai, mais ça ne l'est plus. J'éprouve désormais l'envie de le tuer, une envie si profonde que rien n'y personne ne pourrait la contraindre.

— Cherchez-vous à vous venger de ce qu'il vous a fait subir ?

— Cet individu est un monstre, une substance malfaisante qu'il faut éradiquer avant qu'elle se propage, comme le cancer.

— Qu'est-ce que cet homme vous a fait de si profond au point de vous transformer à votre tour en criminelle ? »

Elle m'observa quelques instants, posa timidement sa main sur sa joue et souleva sa longue frange. Elle cachait des traces de brûlures sur tout le côté droit de son front jusqu'à sa tempe. « Ce sont des brûlures d'acide, souffla-t-elle, comme en s'excusant, mais cela ne me fait plus souffrir. »

Il y eut un très long silence, une émotion qui la submergea. Puis elle reprit :

« Lors des événements de Toulouse, j'étais enceinte d'une petite fille de sept mois. Je n'espérais qu'elle. Elle était devenue l'essentiel de ma vie et tout ce que j'avais de plus beau. Elle n'a pas survécu aux violences qu'il m'a fait subir. Grâce à vous j'ai compris qu'Armand Voisin était la voix invisible derrière tous ces crimes. Toute la nuit dernière, j'ai imploré l'univers pour qu'il vienne sur l'île.

— Ce monstre vous a déjà beaucoup pris, ne le laissez pas emporter aussi votre âme. »

J'étais anéanti par le calvaire qu'elle avait enduré, je l'enlaçai. Elle était frissonnante. Elle resta longtemps la tête posée contre mon cou, sans dire un mot, le regard dans le vide. Je compris ce qui se tramait derrière l'austérité de son visage. Les souffrances morales qui nous tiennent peuvent insidieusement nous affaiblir, comme autant de substances toxiques, au point de nous transformer en profondeur, jusque dans nos traits, nos caractères. Contrairement à la maladie, ces souffrances sont incurables et il n'y a guère que la mort ou l'amour pour s'en délivrer.

Le garçon remplit nos verres avec un pinot noir de la région de Niagara. « Êtes-vous français de France ou du Québec ?

— De France, mais nous n'y vivons plus l'un et l'autre.

— Avez-vous vu ce qui est arrivé à ce Français ?

— Non, où donc ?

— À Toronto, ce soir ! »

Il brancha CTV sur l'écran géant du bar. La chaîne diffusait l'événement en boucle aux *breaking news*. Une journaliste se tenait devant l'immense sculpture de métal argenté qui marquait l'entrée de l'hôtel Shangri-La, sur University Avenue. Derrière elle, des voitures de police tous feux allumés, et de larges bandelettes de sécurité jaunes « Crime Scene Police Line Do Not Cross » délimitaient la zone éclairée par des projecteurs.

Sur fond de sirènes de police, la journaliste racontait, avec ce ton essoufflé et saccadé qu'on utilise désormais en France sur les chaînes d'information en boucle, que deux hommes d'une trentaine d'années venaient d'être retrouvés gisants dans l'eau du bassin et qu'un troisième, un Français plus âgé, avait été empalé sur la partie la plus acérée de la sculpture. La caméra faisait des gros plans sur une vitre brisée de la tour et sur la sculpture encore ensanglantée. La journaliste suggérait qu'ils avaient chuté du sixième étage. D'après la police, il s'agissait de touristes qui résidaient dans un hôtel de Yorkville.

Sur le plateau de CTV, un journaliste en studio prit le relais en précisant que les trois hommes avaient été filmés par des caméras de sécurité, deux heures plus tôt dans le Shangri-La. La chaîne passait en boucle les images des caméras de surveillance, on voyait les trois hommes de dos, avancer dans le lobby. En bas de l'écran, une bande passante mentionnait que la police scientifique avait trouvé des traces d'alcool et de cocaïne dans la chambre à la vitre brisée.

Tout à coup SiYoung m'empoigna la main et la serra.

« Tristan, avez-vous vu ?

— Quoi donc ?

— La sculpture !

— Oui, on ne voit qu'elle... »

Elle demanda au serveur son téléphone, tapa frénétiquement je ne sais quoi et me tendit l'écran.

« C'est une sculpture de Zhang Huan, elle représente un dragon posé sur de l'eau, vous comprenez ?

— Non, désolé, je ne saisis pas ce que vous voulez dire.

— Vous ne comprenez donc pas ? Ce dragon argenté, posé sur de l'eau, c'est une salamandre géante ! Une salamandre, et ces cadavres sont ceux d'Armand Voisin et de ses complices. »

Un lourd courant glacé m'envahit puis me traversa de la tête aux pieds. J'observais SiYoung, complètement hébété. Étrangement, elle se mit à sourire, d'un beau sourire, d'un sourire en forme de rédemption, si éclatant que son visage peu à peu se transforma au point de retrouver sa grâce. Elle joignit ses mains, et remercia l'univers d'avoir exaucé ses prières. Elle était très belle.

Sur l'écran géant, la journaliste de CTV commentait la scène en boucle. À l'arrière-plan, sur University Avenue, j'aperçus trois silhouettes qui marchaient dans l'ombre des projecteurs. La première était affublée d'une robe tube noire avait la chevelure presque rouge et portait un collier de chien autour du cou. Elle flânait la main dans la main d'une vamp à la coiffure mauve, moulée dans une combinaison de vinyle rouge, la taille sertie d'une chaîne dorée. La troisième était une indienne vêtue d'un sari gracieux et coulant.

La nuit retenait son souffle.

CET OUVRAGE EST PUBLIÉ PAR SLATKINE & CIE
LE TEXTE EST COMPOSÉ EN CARACTÈRE SLATKINE,
DESSINÉ PAR MATTHIEU CORTAT À LYON
IL A ÉTÉ ACHEVÉ D'IMPRIMER EN NOVEMBRE 2019
SUR PAPIER MUNKEN, 80 GRAMMES
ISSU DE LA GESTION DURABLE DES FORÊTS
SUR LES PRESSES DE CORLET IMPRIMEUR
14110 CONDÉ-EN-NORMANDIE
IMPRIMEUR NUMÉRO 206429
IMPRIMÉ EN FRANCE

IMPRIM'VERT®